CE SOIR, LA LUNE ÉTAIT RONDE

ARNAUD RIOU

CE SOIR, LA LUNE ÉTAIT RONDE

roman

SOLAR ÉDITIONS

Tous les dragons de notre vie sont peut-être des princesses qui attendent de nous voir beaux et courageux. Toutes les choses terrifiantes ne sont peut-être que des choses sans secours, qui attendent que nous les secourions.

Rainer Maria Rilke

1

Le casse de la rue de Tolbiac

J'aurais dû refuser, mais je ne sais pas dire non. J'accepte des propositions même quand je ne les sens pas, par peur de déplaire, de rater quelque chose, par peur du conflit sans doute. Je dis oui au serveur du restaurant qui me propose une table en terrasse quand je préfère dîner au fond de la salle. Je dis oui à ma copine qui invite ses parents à l'improviste quand on a prévu une soirée, je dis oui aux potes du dimanche qui ont besoin d'aide pour leur déménagement…

Je ne sais pas dire non et, quand je dis oui, je le fais souvent à contrecœur. Quand Céline me demande de m'engager, j'hésite, je tergiverse, je ne dis ni oui ni non. Je n'arrive pas à sentir ce qui est bon pour moi. Manque de discernement, d'intuition, de recul… ou simplement d'amour-propre…

Il est trois heures du matin. J'ai froid. J'ai mal au crâne. Mon blouson de cuir n'est pas assez épais pour me réchauffer. Une pluie fine me glace le sang.

Mon bonnet, vissé sur ma tête, sent la laine mouillée. Je n'aime pas la pluie. Une heure que je suis là à attendre le signal.

Serge est sur place, un peu plus haut. C'est lui qui me donnera le top. Je serre dans ma main le sac de sport qui contient la hache dont je vais avoir besoin pour éclater cette vitrine. J'ai trop froid pour avoir peur. Il me tarde qu'on en finisse, que je rentre me coucher, que je retrouve mon appartement du quai de Valmy, que je me réchauffe contre le corps chaud de Céline.

Pourquoi je me gèle là, ce soir, alors que je pourrais être blotti contre elle ? Sûrement pas pour l'argent que je vais gagner, ni pour la gloire.

Ce soir, j'aurais dû refuser… Je suis là, à attendre sous ce pont d'une autre époque. Mon regard se perd dans l'éclairage jaunâtre qui se reflète sur les pavés mouillés.

Je suis plongé dans mes pensées, dans mon ni oui ni non, quand Serge me donne le signal. À moi de jouer ! Je traverse la rue du Chevaleret d'un pas vif, et je grimpe quatre à quatre les marches qui mènent à la rue de Tolbiac. Me voilà devant la vitrine. Le sac est trempé. Je l'ouvre et je prends la hache à pleines mains. Le manche est gelé… À peine un regard de contrôle, et j'assène un coup sec dans l'angle droit. Pas assez fort. Une sirène stridente se déclenche. C'est la première fois que je casse une vitrine. C'est pas crédible, ce casse. Je donne un deuxième coup, puis un troisième. Le verre feuilleté explose dans une mosaïque de minuscules éclats semblables aux facettes d'un kaléidoscope. Nous nous frayons un passage. Le moustachu et Hakim s'engouffrent dans le magasin. Il fait noir. J'embarque une vingtaine de ceintures que je jette dans le sac. Hakim attrape quelques blousons. Ses gestes sont maladroits. Il prend trop de temps. Quant au moustachu, il nous éclaire en enfournant des gants, quelques jeans, des écharpes de marque… La sirène hurle. Il y a bien des appartements à proximité, mais les alarmes sont si fréquentes que plus personne ne prévient la police quand l'une d'elles se déclenche. Nous sommes à quatre-vingt-dix secondes, il est grand temps de décamper. Nous sortons sur le trottoir. Moi d'abord, suivi du moustachu, et Hakim, toujours à la traîne.

Nous entendons au loin les sirènes d'une voiture de police.

Clap de fin.

Sur le trottoir d'en face, une grappe de témoins nous observe attentivement. Jacques Rémy, l'œil vissé sur l'œilleton de sa caméra. Fred, l'ingénieur du son, qui tient une grande perche au bout de laquelle pend un micro. Jessie, qui surveille la scène depuis le moniteur, cachée sous un parapluie avec Monique Legrand, la directrice de production, une quinquagénaire à la crinière blonde qui n'a jamais l'air heureuse. Quant à Carla, la stagiaire, elle fait le lien entre les uns et les autres. J'admire sa façon de se déhancher et de me lancer des regards doux entre les prises.

– Coupez ! On checke pour voir si on double.

Jacques Rémy s'éloigne de la caméra pour vérifier la prise sous le parapluie. Sur les tournages de cinéma, on prend soin des acteurs, mais pas sur les téléfilms : les budgets sont trop serrés. Il n'y a pas de maquilleuse, un catering minable. Le catering, c'est la cantine. Le succès d'un film se mesure à la qualité de sa régie. C'est là que tout se joue. Les acteurs y attendent des heures, les électros et les machinos s'y échangent les ragots du métier. Ce catering-là, j'ai rarement vu plus pauvre. Deux bouteilles de jus d'orange de mauvaise qualité, trois paquets de biscuits nantais, un pack d'eau et un thermos de café noir déposé sur une nappe en papier blanc.

– C'est OK, elle est bonne, on garde la prise ! On casse pour ce soir.

On casse, au cinéma, ça veut dire on remballe, on replie. On se démaquille, on rentre au bercail. Les techniciens enroulent les câbles, chargent le camion. Pour eux, il y a encore trois heures de boulot. Pour moi, c'est fini. Je file me coucher. Encore deux jours de tournage, une scène au commissariat, quelques plans devant le juge et ciao, je disparais de la série.

À 230 euros la journée, j'ai gagné quand même 690 euros cette semaine. Pas si mal... Sauf que c'est le seul tournage prévu cet automne et que je dois encore tenir un mois et demi. Les cachets, c'est l'obsession des intermittents du spectacle. Sur une année, entre le théâtre payé au lance-pierre et les téléfilms, quelques frimes au cinéma et mes séances de doublage, j'arrive à me dégager un peu plus qu'un SMIC. Certains mois, je double ; d'autres, je divise par deux. L'hiver dernier, je n'ai pas travaillé pendant trois mois. J'ai enchaîné les castings, mais sans aucun rôle. C'est ça, l'intermittence ! Y'a des mois comme ça... Y'a des années aussi... Et là, c'est un peu une année de vaches maigres.

C'est ce qui m'amène à passer la nuit sous la flotte, au risque de blesser mon amour-propre. Heureusement, je peux mettre un peu de côté avec les tournages de pub que je décroche de temps en temps. Si ma carrière ne décolle pas, je vais peut-être changer de voie. Le père de Céline m'a proposé de travailler avec lui dans sa concession automobile. « Avec ton sens de l'improvisation, tu ferais un très bon commercial », me répète-t-il. Mais le costume-cravate du mardi au samedi pour vendre des voitures de marque, c'est pas mon truc. Je veux rester libre de mon temps. « Tu fais un métier magnifique », me serinent mes amis. Comédien… ça fait rêver. Pourtant, si ça fait fantasmer les autres, il y a longtemps que j'ai perdu les miens, de rêves… Ce soir, je rumine mes idées noires.

Avant de partir, je tente une approche auprès de Carla. Cette petite stagiaire a l'air de s'ennuyer. Nous avons déjeuné ensemble, ce midi. Elle me plaît beaucoup, et je crois que c'est réciproque. Elle me posait plein de questions sur mon métier. Les acteurs jouissent d'une certaine aura auprès des stagiaires. J'aborde la jeune fille assez directement en lui proposant d'aller prendre un verre.

– Prendre un verre à cinq heures du mat' ? C'est quoi, ton idée ? C'est plutôt l'heure d'aller se coucher, non ?

– Si tu préfères, allons nous coucher ! Tu habites où ?

– J'habite dans le dix-huitième, à Marcadet, avec mon copain.

Je m'approche de Carla, j'ai envie de goûter sa bouche.

– Promis, ça restera entre nous, ton copain n'en saura rien, lui dis-je en tentant de l'embrasser.

Carla me repousse brutalement.

– C'est pas du tout la bonne façon de t'y prendre avec les femmes. De toute façon, je ne suis pas ce genre de personne… Vous, les mecs, vous ne pensez qu'à ça ! Si on s'intéresse un peu à vous, vous croyez qu'on veut coucher avec vous. Eh bien, moi non ! Je n'aime pas cette approche, et je suis fidèle à mon mec. Ça me déçoit de toi !

Carla disparaît brutalement. Je me sens encore plus seul. Je traverse toujours une chute d'adrénaline à la fin d'une journée de tournage, comme à la fin d'une représentation, qui crée chez moi une peur de la solitude, une sorte de minidépression que je ne sais pas toujours accueillir. La pluie me semble plus glaciale encore que tout à l'heure. Je préfère ne pas insister avec Carla. Mon intuition n'était pas juste. Je n'ai aucune chance. Je suis agacé. Peut-être n'aurais-je pas dû être aussi direct.

Il est cinq heures trente. Je prends le premier métro à Chevaleret. J'aime bien l'ouverture de la ligne 6. Les derniers couchés rencontrent les premiers levés. Je m'amuse... Je suis glacé à Glacière... Je me les caille à la Butte-aux-Cailles... Je pense à Swan, un pote qui écrit des slams, un poète complètement déjanté qui passe son temps à chercher des figures de style. À cette heure, il doit dormir... Je dois remonter la ligne 6 jusqu'à Place d'Italie. Les quais sont déserts. Mon regard accroche une affiche criarde à la station Nationale, une jeune femme en tailleur noir, l'air décidé, qui fait de la pub pour une banque : « Avec nous, vous ne changerez plus d'avis », dit le slogan. Elle a l'air convaincue. J'aimerais bien ne pas changer d'avis tout le temps, avoir des idées claires, un but dans la vie, un idéal sur la terre. Changer à Place d'Italie et aller jusqu'à République, ou descendre et terminer à pied… Ça me ferait du bien, de marcher un peu… Possible aussi… Choisir, ici encore… Oui, non… J'hésite…

Moins d'une heure plus tard, j'arrive chez moi. L'ascenseur est en panne… Je suis bon pour monter les six étages à pied. Je jette mon blouson sur le canapé, me déshabille et file sous la couette.

– Oh ! tu sens le tabac…

Céline murmure dans son sommeil quelques mots, puis se rendort en cachant son visage sous l'oreiller. Son corps est chaud. Elle est belle, dans sa nuisette de satin bleu nuit. Je la serre contre moi. Je sens mon désir, mais elle se détache, pour mieux continuer son rêve. J'ai envie d'elle. Ça fait plusieurs mois que nous ne faisons plus l'amour. Notre libido s'étiole. Il paraît que c'est normal dans les couples au bout de trois ans. Que c'est un cycle incontournable. Je me sens contrarié. Je me lève. Je fume une dernière cigarette en regardant la nuit à travers les lamelles jaunes du store de la cuisine. Ce que j'aime dans cette dernière clope ? Pas son goût, mais le son que font les feuilles de tabac comprimées en se consumant. Un crépitement incandescent qui s'intensifie à chaque taf. Je regarde mon paquet de cigarettes, posé près de la cafetière, sur lequel s'étale la photo de poumons noircis. Fumer tue ! Il faudrait que j'arrête ! Je n'en ai pas la volonté. J'aimerais bien des fois vivre plus sainement, surveiller mon alimentation, faire du sport… Mais est-ce que ça changerait vraiment quelque chose ? De toute façon, vivre tue ! Alors ça ou autre chose… C'est ma vie que je consume en fumant, peut-être pour lui donner plus de goût, d'intensité ou d'amertume.

2

Le songe d'une nuit d'été

J'assiste ce soir à l'avant-première du *Songe d'une nuit d'été* au théâtre de la Renaissance dans une mise en scène de Berkopf. Nous sommes assis, Céline et moi, dans le rang réservé aux invités. Un carton VIP offert par un copain pigiste à *Libération.* La classe ! Je reconnais à ma gauche Arlette Bodard, la journaliste du *Monde,* au bout du rang, Sylvain Frêne, l'assistant de Jacques Salomon, un metteur en scène en vogue, et à cinq ou six places de moi, Freddy Valcourt, un directeur de casting renommé. Ce soir, il porte une chemise jaune et une veste de velours vert. Il faut oser ! Il ne peut pas ignorer que le vert, au théâtre, ça porte malheur ! Lunettes en écaille. Toujours tiré à quatre épingles. Très maniéré. Lunatique… Il a la confiance des plus grands réalisateurs, il fait tourner la moitié des comédiens. Être dans ses petits papiers est un privilège inestimable : c'est du boulot assuré. Il faudrait que je réussisse à l'approcher. Je sais qu'il prépare la distribution d'un long-métrage. Je lui ai posté mes photos et mon CV, mais il ne me prend jamais au téléphone. Je l'avais rencontré sur le casting d'un film publicitaire il y a six ans. Peut-être se souvient-il de moi ? Peut-être devrais-je lui serrer la main, lui glisser à nouveau ma carte de visite ? Mais est-ce le moment ? Ne vais-je pas l'ennuyer ? Encore ces foutues hésitations. Ma tête est une fabrique à questions. Comme j'aimerais m'en poser moins ! Me faire davantage confiance et suivre le fil de ma vie !

Je n'aime pas trop les avant-premières. Les pièces ne sont pas rodées. En revanche, c'est là qu'on rencontre les metteurs en scène, les directeurs de casting. On entretient son réseau. Ici, chacun s'observe. Dans le métier, il est mal vu de ne rien faire. On passe vite aux oubliettes. C'est important de sortir au théâtre, ça donne l'impression aux gens qu'on est dans le coup ! La salle se remplit. Des VIP arrivent en retard à l'orchestre, pour se faire remarquer du balcon. Je me lève de mon siège pour plier mon manteau et j'en profite pour jeter un regard circulaire dans la salle pour voir si je reconnais des professionnels dans le public.

Ce soir, je ne me sens pas très en forme pour faire des relations publiques. J'ai l'impression de ne pas me respecter. Mais c'est nécessaire… Nous nous sommes embrouillés avec Céline, à midi. Elle me reproche de ne pas ramener assez d'argent à la maison. Toujours cette question de fric ! Depuis un an, c'est elle qui paie le loyer… et elle me le fait remarquer. Nous vivons davantage sur son salaire d'enseignante que sur mes épisodiques cachets. Ça ne m'aide pas à me faire confiance. J'ai l'impression que ça joue sur ma virilité, et sur ma libido. J'ai honte de ne pas pouvoir lui payer des week-ends dans de beaux endroits, lui offrir des bijoux… Sur ce plan, je me sens minable.

La pièce est mise en scène sans panache, et je trouve les acteurs particulièrement ternes. Je suis sûr que j'aurais interprété un meilleur Lysandre que ce grand échalas. Il récite son texte plus qu'il ne le vit. Les deux heures quarante de la première partie sont interminables. Je vais me taper cinq heures de théâtre ce soir ! Un exploit… Heureusement, on annonce vingt minutes d'entracte. À moi de jouer ! Je remonte les marches qui mènent au foyer. Si j'aborde Valcourt avant qu'il n'arrive au bar, je pourrais lui demander de faire un essai pour son prochain film. Je n'ai pas le temps d'arriver en haut du tapis rouge qu'il se dirige vers les toilettes. Je ne vais quand même pas l'aborder aux urinoirs… Pas vraiment glamour, comme endroit ! C'est toute ma vie, ça ! Élaborer des stratégies qui ne fonctionnent qu'une fois sur dix. Heureusement, j'ai une persévérance à toute épreuve.

Emporté par le flot des spectateurs, je perds Valcourt de vue. Je n'arriverai pas à l'aborder ce soir. Je n'ai pas été assez rapide ! Je me déteste quand c'est comme ça, j'ai l'impression de quémander des miettes. *I am a loser* ! Je me retrouve dans le foyer. L'endroit est immense, lugubre. Je me dirige naturellement vers le bar. Je regarde ces femmes et ces hommes élégants. Je me demande qui est heureux d'être là, qui est heureux tout court. Je n'ai pas demandé à Céline si elle voulait que je lui rapporte une boisson, et j'ai à peine assez de monnaie pour deux canettes. Je repère un endroit calme sur le côté du bar. Une alcôve de velours rouge en retrait attire mon regard.

C'est là que je reconnais Carmen Arteba. À mes débuts, j'ai joué une pièce de Musset avec elle, *les Caprices de Marianne.* Les caprices du temps, eux, ne semblent pas l'effleurer. Cette belle Mexicaine aux cheveux noirs et à la grâce naturelle dégage une présence incroyable, dans la vie comme sur scène. C'est une grande artiste, à la carrière discrète et atypique. Marianne était l'un de ses derniers rôles. Après, elle s'est concentrée sur la mise en scène, puis sur l'écriture. Elle s'est intéressée à l'histoire du théâtre, à l'anthropologie. Elle a écrit plusieurs essais sur le théâtre nô, sur le kabuki, elle est partie en Inde explorer le *Râmâyana,* une clé de voûte du théâtre indien. La spiritualité a pris le dessus sur sa carrière d'actrice. Ça devient très rare de la croiser dans les soirées professionnelles. Ce n'est pas son truc. Elle donne l'impression d'avoir une vie secrète, entourée de mystère. Ce soir, elle porte un grand pull gris-bleu en laine très décolleté, un jean moulant et des talons aiguilles rouges. La classe ! Cette femme m'attire ! Elle a ce dont rêvent tous les acteurs : un charisme naturel, une présence... Où qu'elle soit, elle semble authentique et mystérieuse. Tellement abordable et inaccessible en même temps ! Magnétique. C'est ça, elle est magnétique. Quand elle est sur scène comme quand elle boit un café, les regards se tournent vers elle. Pas seulement parce qu'elle est belle, d'autres le sont, bien sûr. Mais elle est habitée. Elle évolue dans son propre univers. Elle semble partout chez elle. Elle détourne son regard de la fenêtre au moment où j'arrive à sa hauteur.

– Carmen ! Ça me fait plaisir de te revoir ! On s'embrasse, ou...

Je me rends compte au moment où je prononce ces mots que je lui tends la main machinalement comme pour un entretien d'embauche. Je me sens idiot.

– Pourquoi me tends-tu la main si tu veux m'embrasser ? Tu as toujours autant de mal à choisir Thomas ! lâche-t-elle dans un éclat de rire gracieux. Moi aussi, ça me fait plaisir de te revoir, poursuit-elle avec son accent sud-américain qui m'avait déjà fait craquer lorsque nous partagions la scène.

S'ensuit un silence profond. Elle plonge son regard dans le mien comme pour sonder mon âme. Avec Carmen, impossible de tricher d'aucune manière ; ne peut s'exprimer que la vérité nue. À l'époque déjà, j'avais du mal à me tenir droit face à elle sur scène. Son assurance m'intimidait. Ce soir, face à cette si belle femme, je me sens vulnérable, comme un petit enfant. Quelles que soient mes intentions, j'ai l'impression qu'elle les devine. Elle est animale, instinctive, et en même temps tellement élégante. Je suis envoûté par ses yeux foncés et ses cheveux noirs. Sa respiration est profonde, son sourire, authentique. Sa présence m'apaise instantanément. Dans un mouvement lent et sans une hésitation, elle prend mes mains dans les siennes en me fixant du regard.

Pour mettre un terme à ce silence qui me pèse, je reprends la parole :

– On ne s'est pas vu depuis… Attends, ça fait dix ans ? Douze ? Avignon, c'était en quelle année, déjà ? Rafraîchis-moi la mémoire.

– Ça n'a aucune importance, me répond-elle dans un sourire tendre. Le cadeau, c'est que nous soyons là, tous les deux, ce soir.

– On m'a dit que tu es retournée en Inde après le Musset…

– J'y ai passé deux ans, oui. Je voulais rencontrer la spiritualité, mais j'ai d'abord été confrontée à une misère qui m'a émue aux larmes. J'ai pris conscience de la chance que nous avons d'être nés ici. J'ai rencontré des yogis, des sages, et j'ai suivi l'enseignement d'un swami pendant un an ou presque. Là-bas, j'ai appris que les voyages que l'on peut faire au bout du monde ne sont rien comparés à ceux qui s'offrent à nous quand nous descendons dans nos profondeurs.

Il y a dans le débit de Carmen un vrai charme naturel. Aucune tentative de séduction. Une voix et un rythme languissant. Lorsqu'elle parle, chaque mot semble venir du plus profond de son être. Chaque syllabe est prononcée en conscience. Elle s'applique à distinguer les « ou » et les « u », qui n'existent pas dans sa langue natale. Pourtant, son phrasé n'est pas sophistiqué ; c'est d'ailleurs ce style qui plaisait à l'époque sur scène. Elle ne s'encombre jamais de conventions. Le silence ne la met pas mal à l'aise. Moi, si… c'est pourquoi j'enchaîne assez vite :

– On est venus le bon soir ! J'ai repéré Freddy Valcourt, Arlette Bodard et Sylvain Frêne dans la salle. Pas mal, non ? Tu en as vu d'autres ?

Un beau sourire se dessine sur son visage rayonnant, puis elle laisse échapper une moue de tendresse enfantine.

– Je regarde surtout ce qui se joue sur la scène, Thomas. Pas dans la salle. C'est pour Shakespeare que je suis venu, pas pour le public. Toi si ?

Tout s'embrouille dans ma tête. À cette seconde, j'envie son assurance et son charisme. Et je m'en veux d'avoir parlé trop vite.

– Si, bien sûr ! Aussi ! Je t'offre un verre, Carmen ?

Son regard se dirige tranquillement vers la petite table sur laquelle est posé un jus de tomate à peine entamé.

– J'ai tout ce qu'il me faut, mon bel ami.

– Pourquoi est-ce que tu m'impressionnes toujours autant, Carmen ? Après tant d'années…

– C'est à ton cœur qu'il faut poser la question. Lui seul connaît la réponse.

L'échange se densifie. J'ai le souffle court. Nous sommes comme isolés du reste du monde. Ses paroles me nourrissent, et je veux n'en rater aucune. Je ne prête plus attention aux personnes qui nous entourent. Je n'ai d'yeux que pour Carmen Arteba, pour son pull si décolleté, son regard si profond et ses propos si directs. Je bois ses paroles.

– Et moi, je t'impressionne aussi, Carmen ?

– Tu ne m'impressionnes pas, Thomas, mais je sais ce qui me touche chez toi… Ton âme m'avait touchée il y a quelques années déjà à Avignon, pendant le Festival, sur la scène du cloître des Carmes. Comme tu étais beau alors ! Tu nous avais offert un très émouvant Cœlio, en es-tu conscient ? Chaque soir, je te trouvais grand dans ta maladresse et dans ta timidité. Ce rôle t'allait tellement bien ! Je ne sais pas si tu t'en étais vraiment rendu compte… Cœlio n'a d'yeux que pour Marianne, mais n'ose lui avouer son amour. Il envoie Octave pour transmettre sa missive. Le messager tombe amoureux de l'irrésistible ingénue. La chute est un drame. Cœlio meurt dans une embuscade dans laquelle il n'aurait jamais dû se trouver… Pauvre Cœlio, Pauvre Thomas ! Ton interprétation était tout en finesse. Admirable Cœlio, personnage poétique et tendre incapable de discerner la beauté de son âme et qui projette sur Marianne la grandeur qu'il ne reconnaît pas en lui. Cœlio est beau, mais il ne le sait pas ! Comment pourrait-il aimer Marianne alors qu'il se hait ? Chaque soir où je jouais avec toi sur cette scène mythique de la Cité des papes, je pleurais dans mon cœur de ton impuissance à ouvrir le tien. Tu m'as émue. Marianne a eu peur de cet homme qui ne savait pas s'aimer, c'est pourquoi elle n'a pas répondu aux avances de Cœlio. C'est pour les mêmes raisons à l'époque que je n'ai pas répondu aux tiennes, Thomas, à celles que tu n'as qu'à peine osé formuler. Marianne n'aurait pas été heureuse avec Cœlio, et je ne l'aurais pas été davantage avec toi… Elle a préféré son ami Octave, et moi, la plénitude du célibat. « Une femme est comme votre ombre, courez après, elle vous fuit, fuyez-la, elle vous court après ! » Alfred de Musset ne t'avait donc pas prévenu ?

Le compliment de Carmen me surprend tant il est sincère. Il me sécurise. Ses paroles authentiques dénotent dans cet environnement de paillettes, tout de fausse politesse et d'hypocrisie. Je ne m'attendais pas à un tel échange ici, au bar de la Renaissance. Nous sommes comme dans une bulle, elle et moi. Cette alcôve dans laquelle nous nous retrouvons est un écrin pour une relation authentique. Je me détends, et ma respiration se fait plus profonde. Je me sens perdu sur cette terre, alors j'enchaîne les histoires, les pièces et les films, sans aucun fil conducteur. Elle n'a pas de sens, ma vie ! J'exerce un beau métier, je suis en bonne santé, mais je ne suis pas heureux et je ne sais rien de la source de ma souffrance.

– Tu as une belle âme, Thomas ! Elle est claire et lumineuse… C'est juste tellement dommage que tu ne la connaisses pas et que tu ne lui laisses pas plus de place.

– Je me sens proche de mes personnages et loin de moi-même. Je les aime souvent plus que je ne m'aime. Mais je crois que tous les acteurs sont comme ça, non ?

– Non.

– Comment sais-tu ça ?

– Nul besoin d'être médium pour voir qui tu es, si tu es heureux et où tu en es sur ton chemin de vie.

– Arrête, tu vas me faire flipper !

Le fait de rire me détend. Je reprends alors :

– À l'époque déjà, tu m'avais dit que tu étais extralucide. Ça consiste en quoi ? Je suis dans le noir total. Si tu peux m'aider, c'est le moment ! Je traverse une période qui…

– Je sais… Une période qui dure depuis quinze ans déjà… Tu veux vraiment que je te dise ce que je vois en te regardant ? Méfie-toi, ma grand-mère était médium, elle m'a transmis son don : je sais lire les âmes… enfin, quand je ne suis pas trop fatiguée ! Si c'est trop intime pour toi, je peux te dire ce que j'imagine. Tu préfères ?

La bienveillance de son regard me met en confiance. Je veux savoir ce qu'elle voit. À travers ses yeux, ça ne peut être qu'à mon avantage.

– Oui, en amie, dis-moi s'il te plaît ce que tu imagines de moi, ce que tu sais ou ce que tu vois…

Carmen ajuste légèrement sa posture pour me faire face, bien campée sur ses pieds. Elle prend une profonde inspiration, ferme les yeux et pose la main sur son abdomen tout en expirant, puis elle plonge son regard dans le mien. Elle ne semble pas préoccupée par la façon dont je réagis, mais par la justesse de ses propos. Comme si, en parlant vrai, elle ne pouvait me blesser. Elle prend une nouvelle inspiration, puis son expiration douce et chaude frôle mon visage. Carmen s'exprime alors avec autant de spontanéité que de clarté :

– Depuis quelques minutes que nous échangeons, tes yeux n'arrivent pas à se fixer, ni sur moi, ni sur le bar, ni nulle part ailleurs. Ton regard fuit, ta respiration est superficielle et tes mains s'agitent. Chaque fois qu'une personne s'approche de nous, cela te distrait, comme si tu guettais quelque chose ou quelqu'un. Tu ne sembles pas dans ton axe, Thomas, ni dans tes pieds, ni dans ton cœur, juste dans ta tête. Tu me tends la main en voulant m'embrasser. Tu as soif et tu ne vas pas te chercher à boire. J'en conclus que tu n'es pas à ce que tu fais et que tu n'écoutes pas tes besoins. Tu dois avoir beaucoup de difficultés à te concentrer dans la vie, et probablement sur scène. J'imagine que tu cours le cachet comme tu dois courir les filles, à la recherche d'un contrat ou d'une nuit d'amour qui te sécurise quelque temps. Depuis que nous parlons, tu ne cesses de masser la troisième phalange de ton annulaire gauche, qui pourtant ne porte pas d'alliance. J'imagine que tu es en couple et que tu as du mal à t'engager, que tu négliges ta compagne. J'imagine que tu te trouves des prétextes pour ne pas honorer son féminin sacré. J'imagine que tu n'es pas heureux, parce que tu cherches le bonheur à l'extérieur de toi plutôt que de le chercher dans ton cœur. J'imagine que tu te sens vide car tu espères te remplir d'autre chose que de ton âme. J'imagine que tu fumes pour combler ce manque, car ton haleine sent le tabac et car la nicotine a marqué le bout de tes doigts. J'imagine que tu ne sais rien de la plénitude du silence, Thomas. Pardonne-moi si je prends le risque de te parler aussi franchement. Les cœurs ouverts ne savent pas mentir.

Je reste sans voix ! Il aura suffi d'un entracte à cette femme pour me déstabiliser comme personne ne l'avait jamais fait. J'en oublie *le Songe d'une nuit d'été*. J'en oublie Céline, qui doit m'attendre et peut-être s'inquiéter. Le temps s'est arrêté, et je peine à croire qu'il n'a fallu que deux minutes à Carmen pour me tenir des propos d'une telle intensité. Blessé dans mon orgueil, je veux la contredire, mais je suis incapable d'articuler un mot. Elle dit vrai. Je ne suis pas heureux. Les larmes me montent aux yeux. Je les retiens, par fierté.

– Ce que tu ressens, Thomas, ça a un nom. Beaucoup de ceux qui se sont engagés avec honnêteté sur un chemin spirituel connaissent cette sensation de venir d'ailleurs, d'être sur cette terre dans un corps trop étroit, frustrés de sentir sa puissance sans trouver les moyens de l'exprimer. Le souvenir de la source originelle… Le sentiment d'en être séparé… La nostalgie du divin, Thomas… Est-ce que ça résonne en toi ? Cette sensation diffuse qui nous donne l'impression de venir d'ailleurs, de n'être ici que de passage. La nostalgie du divin qui laisse le goût de l'amour et de la plénitude dans notre âme et que nous recherchons dans la banalité de nos gestes quotidiens sans jamais pouvoir les incarner avec autant d'absolu que nous le souhaiterions. Ce sentiment qui nous inonde comme un personnage de théâtre qui prendrait conscience des limites de la scène sans pour autant quitter son rôle. Tu me sembles empêtré dans ton rôle, Thomas, celui d'acteur maudit, de génie incompris et de mec infidèle. Tu passes à côté de ta belle lumière, et tu le sais. Nous sommes les architectes de notre existence. C'est ce que j'ai appris en Inde… et ailleurs. Nous sommes tout à la fois la glaise, la création et le créateur. Nous écrivons notre propre rôle, nous le mettons en scène et nous l'interprétons en lui donnant un style et une envergure. Mais combien d'entre nous en sont conscients ? Combien préfèrent être figurants dans la vie des autres et ne pas prendre le risque de vivre pleinement ?

À cette seconde, je perds pied. Les paroles de Carmen me transpercent. Je pourrais l'écouter pendant des heures. Je me sens assoiffé. Je saisis le verre de jus de tomate posé sur le guéridon et le siffle d'un trait. Elle éclate de rire !

– Ce n'est pas à ma source qu'il faut boire, mais à la tienne. La mienne n'étanchera jamais ta soif. Ni la mienne ni celle de personne d'autre.

Elle prend une profonde inspiration et poursuit :

– Ta source est tarie, Thomas, car tu ne la remplis plus de l'intérieur. Tu te ressources au mauvais endroit, c'est tout... Voilà... ce que j'imagine de toi.

Elle me regarde tranquillement, avec l'assurance d'une actrice qui a réussi sa tirade. Elle sourit.

– J'ai visé juste ?

Le silence qui suit dure une éternité. Une larme coule de ma paupière. La goutte d'eau salée réchauffe ma joue avant que Carmen ne la récupère délicatement de la pointe de son index. Elle la porte jusqu'à mes lèvres avec une sensualité aussi ingénue que diabolique.

– Tout ce qui vient de ton cœur est béni, et ta source t'irriguera pour peu que tu l'honores.

Je bois la larme comme une goutte d'ambroisie et ferme les yeux. Autour de nous, les formes et les couleurs s'agitent. Je me sens comme entre deux mondes, comme si j'avais quitté mon corps le temps de cet échange et que je le retrouvais brutalement. J'aimerais faire durer cet instant, mais la sonnerie annonce la fin de l'entracte. La foule compacte quitte le foyer par grappes pour retrouver la salle. *Le Songe d'une nuit d'été* va reprendre. Je sens une présence dans mon dos. Un bras passe par-dessus mon épaule et se tend vers Carmen. Je reconnais le velours vert de la veste de l'homme que je suivais il y a vingt minutes à peine, mais que je n'ai désormais plus du tout envie d'approcher. La main au bout du bras tient de ses doigts manucurés une élégante carte de visite.

– Carmen Arteba ? Je suis Freddy Valcourt. Je vous ai vue il y a des années dans *Phèdre.* Vous m'avez tellement ému, alors. Je vous ai trouvée époustouflante.

Toujours aussi calme, Carmen ne me lâche pas du regard. Elle ne bouge pas un cil. Imperturbable. Elle respire profondément, sa main posée sur l'abdomen, comme pour savourer une victoire dont elle seule connaît l'enjeu. Elle prend le temps de terminer avec moi avant de répondre à celui qui tente d'abréger notre conversation.

– Je sens bien que tu te cherches, Thomas, et que tu n'as pris encore aucune véritable direction car tu ne sais visiblement pas où te chercher. Si tu as vraiment envie de te découvrir, si tu as envie de jouer le rôle de ta vie, je pourrai t'indiquer vers où orienter tes pas. Viens me rejoindre dans quelques jours. Tu me trouveras facilement. Choisis un jour où la lune est pleine, on y voit plus clair. Et prévois une petite semaine. Organise-toi pour t'offrir ça. Ça ira, tu verras.

Bien que je ne comprenne pas le sens de cette invitation énigmatique, je perçois que je gagnerais à saisir cette opportunité. Je lui souris. En acquiesçant, c'est à mon âme que je donne rendez-vous. Pour la première fois, je n'ai aucune hésitation.

– Je viendrai, Carmen. J'interrogerai la pleine lune, elle me guidera.

Valcourt s'était éloigné pour nous laisser terminer. Je le rejoins et pose la main sur son épaule.

– Je vous laisse en bonne compagnie, lui dis-je avant de me retourner vers Carmen : « Malheur à celui qui, au-delà de sa jeunesse, s'abandonne à un amour sans espoir. »

Carmen sourit et cite Musset à son tour :

– « La réalité n'est qu'une ombre. Appelle imagination ou folie ce qui la divinise. »

3

Le choc du troisième étage

Huit jours ont passé depuis mes retrouvailles avec Carmen. Dans mon cœur résonne encore son bel accent sud-américain, son rire doux et bienveillant, chant d'un ange brièvement apparu et dont la présence continue d'habiter les lieux où je me rends. Je pense aussi à cette invitation qu'elle m'a faite. Peu d'êtres ont eu sur moi cette influence. Carmen m'a marqué par son authenticité, sa bienveillance et sa franchise. Dès que je pense à elle, un sourire se dessine sur mon visage. Ainsi, ma source se serait tarie ? Son hypothèse résonne. Ça fait plusieurs années que je m'amuse moins dans mon existence. Quatre ou cinq ans, peut-être davantage. Ai-je seulement été déjà heureux ? J'ai reçu des cadeaux de la vie, j'ai croisé de belles personnes, j'ai rencontré des circonstances favorables, mais ai-je pour autant été heureux ?

Je ne sais rien de ce bonheur inconditionnel que vivent les sages, ce bonheur qui ne dépend pas des circonstances extérieures mais d'un état intime. Paix profonde, joie spontanée de ceux qui s'émerveillent de voir le jour se lever ou le reflet du soleil sur un verre d'eau… ces sensations d'émerveillement, je ne les connais pas, ou plutôt je ne les ressens plus depuis longtemps. J'ai lu un article dans un magazine que m'avait tendu Céline il y a quelques mois sur la méditation, et ça parlait un peu de ça. Trouver le bonheur en soi. J'avais parcouru l'article sans y prêter attention, avec un œil critique. J'avais essayé de méditer seul chez moi deux ou trois fois, mais j'avais vite abandonné. Je n'en voyais pas l'intérêt, et d'ailleurs je ne tenais pas en place. Il y a bien longtemps que je n'ai pas joui du bonheur simple de sauter dans les flaques d'eau comme le font les enfants dans les chemins de forêt. Me suis-je endurci au point de ne plus voir les gens que sous leur mauvais jour ? Ai-je perdu mes illusions au point de me laisser complètement démoraliser par la noirceur de ce monde ? J'aimerais avoir l'optimisme de croire en Dieu, mais, s'il existe, pourquoi se croise-t-il les bras devant ce marasme ? Alors à quoi bon se battre, et contre qui ? Bien que j'aimerais me tourner vers la paix intérieure, je ne sais pas vraiment comment m'y prendre pour la rencontrer.

Au bar de la Renaissance, j'avais dit à Carmen que je ne trouvais plus matière à m'émerveiller depuis bien longtemps. Elle avait eu cette réponse choc : « Le monde ne manque pas de merveilles, mais d'émerveillement ! Change ton regard et le monde retrouvera son éclat ! » La réplique avait fait mouche. Peut-être est-ce moi qui deviens amer, cynique. Carmen a raison. C'est probablement parce que je ne me nourris plus de l'intérieur que je papillonne autant. Aucune femme ne peut rassasier mes besoins d'affection. Dans une frustration permanente, je fais payer à l'une ce que la précédente ne m'a pas offert. J'enchaîne avec frénésie les relations amoureuses bancales sans croire à l'amour et sans vraiment ouvrir mon cœur. Pour être honnête, je consomme de la tendresse ou du sexe plus que je n'offre mon amour. Je trouve toujours une bonne raison pour quitter ou être quitté dès que la relation devient inconfortable, conflictuelle ou routinière. Combler un manque. Peut-être que ces deux verres de bourbon que je bois avant de monter sur scène ont vocation eux aussi à combler ce vide.

Même si je fais un métier passionnant, je ne m'amuse plus. Je me perds entre la cour et le jardin, la scène et les coulisses. Je passe d'un décor romantique italien à un champ de bataille grec. J'enchaîne les histoires d'amour tantôt tragiques, tantôt vaudevillesques en fonction des auteurs. Je parle avec les mots de Courteline, puis avec ceux de Racine. Les personnages glissent sur ma personnalité de plus en plus vide. J'ai pris quatorze kilos pour décrocher le rôle de Lord Hastings dans *Richard III.* Je me suis vieilli de trente ans pour jouer Arnolphe. Je me suis rasé le crâne pour Britannicus. J'ai sombré dans une dépression pendant les six mois de tournée du *Godot,* de Beckett. Je plonge dans les sentiments complexes de mes personnages alors que je n'arrive plus à reconnaître mes propres émotions. Je vis sous les projecteurs parce que je perds ma propre lumière. Pour réchauffer mon cœur désillusionné, je suis devenu accro aux feux de la rampe. C'est pour cette raison que j'ai tant besoin de jouer : il n'y a que sur scène que je me sens vivant. Chaque rôle a laissé son empreinte, et je ne sais plus qui je suis. Il m'arrive parfois de ressentir de la joie, de l'amour à travers les personnages que je joue au théâtre, mais ce sont eux qui aiment la vie, pas moi. Je cherche à jouer vrai sur la scène, mais ma vie tout entière sonne faux. Mon univers s'est resserré sur le théâtre. Je limite ma vie aux cent mètres carrés des planches. Je sens mon cœur battre chaque fois que le rideau rouge se lève, et mon âme s'éteindre quand il retombe. À l'instant, je pense à ce metteur en scène qui avait mis fin au bout de quelques minutes à notre audition quand je postulais pour le rôle de saint François d'Assise : « Pardonnez-moi, Thomas, mais je crois que vous n'avez pas encore assez d'espace intérieur pour jouer ce personnage malgré votre talent d'acteur et votre jolie voix. Vous manquez de profondeur. » Le refus m'avait vexé. Je comprends des années plus tard qu'il avait dit vrai. Je manque d'envergure.

Céline m'interpelle depuis la salle de bains.

– Thomas, tu viendras nous rejoindre chez Aymeric ce soir rue de la Folie-Méricourt ? Ça me ferait plaisir.

Elle tient absolument à me présenter ses copains. Des enseignants qui rabâchent leurs histoires de classe tout au long du repas. Toujours les mêmes discussions. Chacun y va de son point de vue sur les méthodes pédagogiques… Les mêmes anecdotes d'autorité, de cancres et de parents d'élèves, rien qui ne me donne envie de sortir de chez moi… Je tente une ouverture :

– Il y aura qui, à ce dîner ?

J'ai posé la question sans conviction, à travers la cloison.

– Tu verras bien ! Laisse-toi surprendre un peu !

L'eau coule dans le bac de la douche et Céline maugrée après le thermostat, qui est toujours trop chaud ou trop froid. Il y a longtemps que nous ne prenons plus notre douche ensemble. Au début de notre relation, nous aimions nous frotter le dos et j'aimais lui faire l'amour pendant que la buée se formait sur les parois vitrées. Nous y dessinions des cœurs percés d'une flèche, comme des mômes. J'aimais sentir mes mains sur ses reins chauds et humides. J'aimais sentir mon ventre contre le sien pendant que le savon glissait entre nous. Autrefois, quand nous rentrions du marché, je m'empressais d'enlever son manteau et de dégrafer son pantalon pour la prendre sur la table de la cuisine. Nous faisions l'amour avec fougue au milieu des odeurs de persil et de basilic. J'aimais l'embrasser à pleine bouche, j'aimais son haleine, l'odeur de son sexe et de sa transpiration. Aujourd'hui, toute cette intimité me gêne, quand elle ne me dégoûte pas franchement. À l'évidence, une distance s'est installée entre nous sans que je sache d'où elle vient et qui en est responsable. À l'évidence, un break s'impose. Il ne me faut que le courage de lui annoncer. Quelques semaines de séparation devraient nous aider à y voir plus clair, pour repartir ensemble ou chacun de notre côté… ce qui m'apparaît déjà comme l'issue la plus probable. Je récupérerai alors le studio de ma tante dans le Marais en attendant de trouver plus grand. Je pourrais même déménager avant l'été. Ça sent la fin de l'histoire. J'entends Céline tirer la chasse d'eau dans la salle de bains et me crier à travers la cloison qu'il faut que je répare le flotteur qui se coince dans le bac des toilettes. Super glamour ! Je reprends une cigarette, que je tape machinalement sur mon pouce. Je sens ma libido descendre encore d'un degré sous le niveau des glaces. *Je verrais, Céline… Pour la chasse d'eau, j'ai essayé, mais je n'ai pas réussi à la réparer… Pour le dîner, je ne peux rien te promettre.* Soudain, je m'entends porter la voix pour lui clamer :

– Je ne suis pas plombier, je suis acteur. *Shit* !

La porte de la douche claque avec plus de force que d'habitude. Je la sens d'ici ! Céline est agacée de ma réponse, qui n'en est pas une.

Nu dans notre lit, qui n'a plus rien de conjugal, je consulte mes SMS pour planifier ma journée en fumant une cigarette.

« Jean-François est malade, la répétition de demain est reportée à la semaine prochaine. Dispo mercredi ? »

« Quand est-ce que tu reviens me surprendre à l'improviste ? Je te kiss, Maggy »

« Confirme-moi que tu peux venir à 14 h au studio pour notre doublage au Lotus bleu »

« Thomas, pourquoi ne me réponds-tu plus ? Tu ne veux plus qu'on se voie ? Stella »

Il est neuf heures. Je décide de me rendre à l'ANPE du spectacle rue de Malte pour y apporter les documents qu'ils attendent. En y étant à l'ouverture, je serai sorti pour midi, et j'irai enregistrer cette séance de doublage aux Buttes-Chaumont. Je jette mon portable dans mon sac de cuir et je m'habille avec les vêtements de la veille. Je passe devant le miroir. Je n'y vois personne. Juste une ombre désincarnée, les traits tirés et l'air triste. Je prends une tasse et insère machinalement une capsule dans notre machine à expressos, puis je rassemble quelques affaires et me prépare à sortir.

– Tu n'es peut-être pas plombier, monsieur le comédien, mais moi, je ne suis pas femme de ménage, je suis enseignante. Et je ne suis pas comptable, non plus. Pourtant, tu vois, c'est moi qui remplis tes formulaires de congés spectacles à la con. Je ne suis pas cuisinière, mais je prends le temps toutes les semaines de faire le marché pour que nous mangions autre chose que des pâtes et du riz. Je ne suis pas thérapeute non plus, et pourtant j'écoute tes états d'âme et je te console à chaque fois que tu rates une audition. Ça ne me pèse pas tant que ça. Je considère ces petites aides comme réciproques et normales à la construction d'un foyer. Je crois que, dans un couple, chacun peut soutenir l'autre. J'appelle ça la solidarité, c'est con, hein ? Moi, je trouve ça beau ! Et j'aimerais bien, parfois, que tu t'intéresses un peu à ma vie. Je ne te demande pas de corriger les copies de mes élèves, juste de t'intéresser à moi, de me donner un peu de considération, de me dire que je suis jolie quand je me lève ou quand je reviens du collège, et pas seulement quand tu veux me baiser. Thomas, tu as du talent et j'aime l'homme que tu es, mais tu t'aigris, tu ne t'intéresses plus à rien ! Tu deviens taciturne, tu passes ton temps à te plaindre parce que tu ne parviens pas à te faire connaître plutôt que de jouir des petits bonheurs quotidiens. Je m'en fous, moi, que tu sois connu si tu ne te connais pas toi-même et si tu ne connais rien de ce qui nous éclaire ! Il y a des jours où tu me fais peur tant tu perds ta joie de vivre ! Bouge-toi, bon Dieu !

Ma tension monte.

– Arrête de me dire ce que j'ai à faire, je déteste ça ! Si on est un couple, on est un couple platonique, un couple qui ne fait plus l'amour. À chaque fois que je te touche, soit tu es indisposée, soit tu es fatiguée, soit tu ne sens pas ton désir. Si être en couple c'est se retrouver chaque soir devant la télé et ne partager que des histoires de toilettes qui fuient et de prix des légumes qui augmente, et si, quand nous sortons, c'est pour écouter tes copains se plaindre du système, non merci ! Je suis un homme libre et je veux le rester !

– Mais libre de quoi, Thomas ? Tu es prisonnier de tes propres conditionnements, prisonnier de ton passé, dont tu n'arrives pas à guérir, prisonnier de tes directeurs de casting, à qui tu fais la cour, et prisonnier des femmes, que tu ne sais pas aimer. Tu es prisonnier de tes paquets de cigarettes, de l'argent que tu ne gagnes pas et du whisky qui prend de plus en plus de place dès que tu veux monter sur scène ! Réveille-toi, Thomas, je t'en supplie, il est plus que temps !

Je me sens paralysé par ses reproches. Mes mâchoires se serrent. J'aurais aimé savoir l'aimer, mais je ne sais plus lui ouvrir mon cœur. Je ne suis plus amoureux de Céline, ça devient évident. Je ne crois plus en notre amour. Je ne crois plus à l'amour tout court.

– Thomas, s'il te plaît, on ne peut pas jeter l'éponge au moindre conflit ! Dès que quelque chose accroche entre nous, tu rentres dans ta carapace et tu t'emmures ! Sors-en ! C'est l'occasion de parler, de faire grandir notre couple… Je sais, tu détestes que je dise qu'on est un couple… Tu as tellement peur de t'engager ! Mais admets au moins qu'on essaie de construire quelque chose ensemble. Un début de relation, un compagnonnage, un petit espace de cocooning, même, si tu veux, j'en sais rien, mais ensemble… Même si nous traversons une période difficile… Je ne te fais pas de reproches, je veux rétablir le lien. Parler, c'est rétablir le lien, toujours !

Je sens mon sang bouillir. Céline devient intrusive. Quand j'étais gosse, ma mère engueulait mon père de cette façon. Les femmes fonctionnent-elles donc toutes de la même façon ? Je donne une grande claque sur la table. Ça me défoule. Je sens que je suis en surchauffe. J'attrape mon blouson et mes clés, et je fais demi-tour pour avaler mon café. La femme que j'ai aimée est en larmes dans sa serviette de bain. Je trouve Céline indécente, et la situation pathétique. Je claque la porte et appelle l'ascenseur, avant de me rappeler qu'il ne fonctionne pas et de dévaler l'escalier en refermant mon blouson. Je sais que c'est terminé entre nous. Ça n'avait qu'à peine commencé, cela dit. Je venais de mettre un terme à une histoire quand j'ai rencontré Céline. Nous étions tous les deux à la rue, alors nous avons pris un appartement, plus par commodité que par choix. Et maintenant, cela va faire trois ans de séparations et de retrouvailles. Nous avions bien commencé pourtant, mais nous sommes désormais trop éloignés de cet amour idéal auquel j'aspire. Je me suis encore trompé : la femme de ma vie, ça n'est pas elle.

– Thomas, ne pars pas comme ça ! Pas aujourd'hui ! Je t'aime. Tu ne peux plus me laisser, désormais !

Je déteste quand nous nous disputons dans un lieu public (nos histoires de couple ne regardent personne), mais Céline, du haut de l'escalier, a décidé de me dire ce qu'elle a sur le cœur en oubliant les voisins susceptibles de nous entendre.

– Tu ne me regardes plus, Thomas ! Tu t'intéresses davantage à la psychologie de tes personnages qu'à celle des humains qui t'entourent. Tu n'as même pas vu ce qui a changé en moi. Tu es dans ta bulle et dans tes rôles. Bon sang, Thomas, tu ne vois donc rien ? Ouvre les yeux ! Je me fous que tu aies des maîtresses, pourvu que tu restes avec moi. Tu n'as rien entendu des signes que je t'ai envoyés. Tu es devenu aveugle à la femme qui est dans ton lit pour ne pas voir combien elle a changé ! Tu ne penses qu'à toi et à ta foutue carrière. Thomas, écoute-moi !

J'ai atteint le troisième étage. La parole de Céline devient plus lointaine, presque anonyme. Elle résonne maintenant comme une petite voix intérieure qui se fond dans le brouhaha de mes idées noires.

– Thomas ! J'aurais tellement voulu te l'apprendre autrement qu'en criant ainsi ! Je croyais que tu l'avais senti en posant ta main sur mon ventre, Thomas, je suis enceinte !

Je reste interdit entre le troisième et le deuxième étage. Entre le ciel et la terre. Suspendu. Je suis pris soudain d'une nausée, d'un vertige, d'une envie de vomir ce que je viens d'entendre, ce que je vis et ce que je suis. À cet instant je voudrais changer de rôle. Reprendre la première page de la pièce et choisir n'importe quel personnage de la distribution autre que le mien. J'entends les pleurs de Céline comme ceux d'une petite fille abandonnée, et je ne me sens pas capable de guérir ses blessures. Quant à moi, je flotte entre deux mondes. Dans un espace intermédiaire où rien ne pousse. Entre le paradis et l'enfer, entre le rêve et la réalité, entre la montée et la descente. Je suis comme à la fin d'un rêve. J'ai l'impression d'être sorti de mon corps, peut-être parce que je ne sais pas comment réagir à la nouvelle brutale que je viens d'entendre. Peut-être parce que je n'ai aucune idée de la façon dont je peux appréhender ce nouveau rôle. Peut-être parce que je me sens tellement démuni que j'en suis ahuri. J'hésite entre descendre et remonter. Je reste quelques minutes sur le palier du deuxième étage, interdit, statufié. Exactement entre deux eaux, en apnée, conscient que les prochains pas que je vais faire vont conditionner le reste de mon existence. Remonter et prendre Céline dans mes bras, ou descendre, je ne sais où, mais inévitablement bien plus bas que je ne le suis à l'instant, en tout cas… Instinctivement, presque en apnée, je choisis de descendre.

4

Les réfugiés du Havre

Certains ont la faculté d'agir courageusement, et en tout cas spontanément, face à n'importe quelle situation. Ils assument. Ils affrontent, quoi qu'il arrive. Ils relèvent le défi. Ils pleurent, crient, rient, s'émeuvent. Ils restent vivants. Céline agit ainsi. Je ne l'ai jamais vue hésiter ou prendre le moindre recul quand il s'agit d'exprimer ses émotions. Dès qu'il est question de ses besoins, elle est comme une louve avec ses petits. Quoi que j'aie pu lui reprocher, elle a toujours été entière. Simple dans ses réactions, assez prévisible, mais entière.

De mon côté, je me sens par moments désincarné. Dès que l'émotion devient trop intense, je disparais, je m'abandonne, je manque de courage pour affronter spontanément. Ma respiration se bloque. Ma tête reprend le dessus, ma tour de contrôle analyse, critique, juge les réactions et les conséquences possibles, mais empêche mon corps de vivre spontanément. C'est peut-être cette raison qui m'a amené à faire du théâtre. Mieux sentir la densité de l'incarnation à travers les émotions de mes personnages. Sur scène, il m'est facile de jouer la colère, la tristesse, la peur, le découragement ou la jalousie, presque sur commande, mais je n'accède à ces émotions que derrière le rempart du personnage. Je sens souvent mieux la peau du rôle que la mienne. J'ai ressenti du courage en jouant Achille dans *Iphigénie* ou Banquo dans *Macbeth*, mais parce que j'avais endossé le costume d'un autre. Une forme de pudeur qui, exacerbée, devient de la schizophrénie.

Depuis ce matin, je me trouve lâche. La réaction – ou plutôt l'absence de réaction – que je viens d'avoir vis-à-vis de Céline me répugne. D'où vient la lâcheté ? Pourquoi certains hommes sont courageux et d'autres, pleutres ? Est-ce génétique ? Culturel ? Héréditaire ? Je crois que, pendant la guerre, ce ne sont pas les opinions qui ont séparé les collabos des résistants, mais le courage. Et ce courage-là n'est pas un concept. Il nous prend aux tripes quand nous sommes en danger ou quand nos valeurs sont attaquées. Ou pas. Cela ne s'anticipe pas. La peur nous donne des ailes ou nous paralyse. Elle nous invite à nous dépasser, ou à nous trahir. Peut-être aurais-je été, comme des millions de Français, collabo pendant la guerre. À cet instant, je déteste mon analyse. Je me sens mort intérieurement.

Cédric ajuste les micros tandis que Jean-Paul nous livre les dernières consignes sur l'intention des personnages. Nous venons de visionner la scène une première fois à l'écran, nous nous tenons prêts à la doubler en français. Le film en question est un film de Zubrovski. Je double le personnage d'un prêtre polonais qui a caché des juifs pendant la guerre. Le prêtre vient libérer une jeune femme et son fils d'une ferme familiale où ils s'abritaient pour rejoindre Le Havre. Sandra double la jeune mère. Je connais bien cette actrice, qui maîtrise parfaitement son métier. Nous avons eu un flirt, il y a quelques années. Il a vite tourné court, mais a créé une réelle complicité entre nous. Je me demande comment elle a pu épouser un mec aussi beau, un Apollon, qui de surcroît est aux petits soins pour elle. Sandra a un physique banal, mais une voix exceptionnelle. Elle passe sa vie sur les plateaux de doublage et dans les studios de radio, et ne joue que très peu au théâtre. Elle a trouvé sa vocation ! Elle transforme sa tessiture à volonté et adopte facilement les accents régionaux. Elle maîtrise la technique de la bande rythmo qui défile sous nos yeux à vive allure. De plus, elle est toujours d'humeur égale, ce qui la rend très appréciée sur les plateaux. Dès que nous avons affaire à des pros, il suffit d'une prise, au maximum deux, pour mettre le texte dans la boîte.

Nous nous tenons, Sandra et moi, debout derrière le pupitre. Le texte défile en bas de l'écran. Sandra vient de terminer une scène avec son fils. Elle a fait preuve de son professionnalisme tranquille qui impressionne toujours. Le chef de plateau, un assistant et trois comédiens sont assis derrière nous, dans la salle de cinéma, et suivent notre travail avec toute la concentration nécessaire à cet exercice.

La difficulté du doublage consiste à lire ses répliques à l'instant exact où la syllabe défile sous la barre rouge, en respectant le rythme, le ton et l'émotion du personnage. C'est une discipline qui demande spontanéité et contrôle. Le polonais est une langue plus brève et saccadée que le français. Il nous faut donc parler rapidement, aujourd'hui.

– *Merci, Stafiez ! Je sais que vous avez risqué votre vie en nous cachant, Théo et moi. Je vous remercie pour votre bonté.*

Sandra est concentrée. Son texte défile sans accrocs.

– *Je suis un homme de Dieu, Sylvia. Quand j'aime, c'est Dieu qui aime à travers moi. Quand je vous aide, c'est Dieu qui vous accompagne.*

– Un peu plus de cœur et de conviction Thomas, s'il te plaît. Stafiez est un homme de Dieu, mais il est sur le terrain. On continue. Sandra, à toi.

La consigne vient du pupitre de contrôle. Jean-Paul a parlé.

– *Je sais les risques que vous prenez. Je ne l'oublierai jamais. Merci de votre courage.*

– *Le courage, Sylvia, se développe naturellement lorsque notre cœur est ouvert. Nous devenons l'instrument du divin.*

– On la reprend ! Thomas, tu es à la traîne, presque une seconde en trop ! Accroche davantage.

Jean-Paul Stanké, le charismatique chef de plateau, est à quelques années de la retraite. Sa belle chevelure blanche lui donne un air de sagesse. Il a assuré le doublage de la moitié des films et des séries programmés aujourd'hui sur les écrans de cinéma et de télévision. Il connaît le métier sur le bout des doigts. Quand il reprend un comédien, il ne se trompe jamais, et on le sait. Tellement d'acteurs se bousculent pour avoir la chance de faire de la post-synchro avec lui qu'il n'a que l'embarras du choix. Il ne fait travailler que les meilleurs. Il est fidèle et peut appeler les mêmes pendant des années, mais un rendez-vous raté, une séance où il doit vous reprendre plus de trois fois ou simplement une proposition de doublage que vous n'acceptez pas, et vous passez illico aux oubliettes. Déstabilisé par la coupure, je me concentre pour mieux repartir.

– *Le courage, Sylvia, se développe naturellement lorsque notre* cœur *est ouvert. Nous devenons…*

– Toujours en retard, Thomas ! Prends une inspir' après « Sylvia », ça t'évitera d'accrocher sur

« cœur ». On reprend à 11'08. Investis-toi un peu, je ne te sens pas, ce matin.

– Faut dire que ce texte ne m'aide pas, c'est vraiment des dialogues à l'eau de rose !

Je sais que mon commentaire est mal venu, mais je suis à bout. Avec Jean-Paul, soit on accepte, soit on sort, mais on ne discute pas.

Jean-Paul ne réagit pas. Il n'aime pas qu'on le contredise. Il a dû marquer mon nom d'une croix rouge. Bien sûr, le texte n'y est pour rien. C'est moi qui ne suis pas dedans, je n'arrive pas à me concentrer, trop de tourments dans ma tête. Je viens d'apprendre que Céline est enceinte, le choc a été brutal. J'ai envie de pleurer. Sans transition, je me trouve à doubler une scène émouvante dans un mauvais film polonais. L'histoire d'une femme qui se cache avec son enfant pendant la guerre. Je suis dépassé par les événements, et pour autant j'ai une capacité d'adaptation qui me surprend.

– Si tu n'es pas capable de lire un texte correctement dès que tu as tes humeurs, Thomas, il ne faut pas faire ce métier. D'autres comédiens attendent.

– Je peux te relancer, propose Sandra en volant à ma rescousse.

– OK, Sandra, à la relance. Rouge demandé. Go !

– Je sais les risques que vous prenez. Je ne l'oublierai jamais. Merci de votre courage.

– Le courage, Sylvia, se développe naturellement lorsque notre cœur est ouvert. Nous devenons l'instrument du divin. Sergio vous attendra au bas du chemin. Le conducteur de la camionnette vous accompagnera jusqu'au Havre. Là, un camarade vous prendra en charge. Prenez soin du petit.

– OK ! lance Jean-Paul, on n'aura pas mieux ce matin ! On repart à 12'36, la scène du marchand d'armes. Philippe et Joakim, en piste. Rouge demandé. Silence, s'il vous plaît.

Sandra et moi regagnons le fond de la salle en attendant d'être appelés pour la prochaine réplique. Ça nous laisse quelques minutes pour nous parler en chuchotant par intermittence dès que la borne est au vert.

– Oh ! faut que je te raconte, Thomas : je suis allée mardi au casting chez Marion Apelier, et tu sais sur qui je suis tombée ? Un truc de dingue.

– Non…

– Sur José Garcin, c'est lui qui va reprendre le rôle de Landerneau dans Feydeau. Il fait plus petit en réel qu'à l'écran.

Sandra sait passer d'un état à un autre. Je l'écoute d'une oreille distraite et lui réponds par politesse.

– Oui, en effet, un truc de dingue…

– Et je ne t'ai pas vu à la soirée de Joséphine. Tu sais qu'elle ne sort plus avec Claude ?

– Non, je ne savais pas.

– Claude a couché avec son assistante pendant la tournée. Joséphine l'a appris et elle ne l'a pas supporté. Elle a fait un scandale en coulisses, je te dis pas…

– Silence demandé. Philippe, tu reprends avec Sandra. On est à 19'12. En piste, silence ! Rouge… et go !

Sandra me quitte aussitôt pour rejoindre Philippe au pupitre et reprendre le doublage.

– *Vous connaissez Le Havre ?*

– *Non, j'y vais pour la première fois. Je viens retrouver un parent.*

– *C'est votre petit frère ?*

– *Non, c'est mon fils, Théo. C'est un voyage éprouvant pour lui comme pour moi.*

– *Je comprends, c'est un long voyage !*

– OK, c'est en boîte ! Vous êtes bons, tous les deux ! On revient en arrière, à 16'44. Philippe et Joakim, vous vous rapprochez, on regarde la scène une fois. On est sur le chantier, au Havre. C'est un passage délicat. Soyez attentifs, les partisans sont très en colère. Ça accélère au niveau du rythme à partir de la quatrième réplique et ça monte en crescendo jusqu'à la huitième. Je veux à la fois l'intimité du complot et le fait qu'ils doivent porter la voix pour couvrir le bruit des machines. C'est de la dentelle, du travail d'expert, c'est pour ça que vous êtes là, mes chéris ! On regarde une fois, et on envoie la scène !

Sandra a le chic pour passer du plateau aux coulisses en un battement de cils. Je me souviens avoir doublé un film porno avec elle à nos débuts. Entre deux cris de jouissance, qu'elle hurlait avec une sincérité désarmante, elle me racontait qu'elle venait de planter de la ciboulette sur son balcon. J'ai beau être habitué à ces exercices, je dois reconnaître que Sandra est une experte du grand écart et de la simulation d'orgasme sur commande. Elle a bien dû en simuler quelques-uns avec son chéri, par déformation professionnelle. Tout en gardant un œil sur l'écran pour suivre la scène du chantier, nous continuons à chuchoter nos anecdotes.

– J'aurais pas dû me faire épiler le maillot avant de venir, ça me gratte, je te dis pas.

– Oui, j'imagine…

– Mon esthéticienne m'a appliqué sa cire Douceur de Soie, bonjour l'état de la soie !

– C'est sûr…

– Oh ! qu'est-ce que je te raconte pas, là ! Ça va ? T'es pas choqué que je te livre un truc intime ? C'est des histoires qu'on se raconte entre filles, ça.

– Bah oui, c'est sûr que c'est plus un truc de filles.

– T'as pas l'air dans ton assiette, toi, t'es sûr que ça va ?

– On va dire que… je surfe… sur ce que la vie me propose… Pas toujours confortable.

– À propos, tu sais que Freddy Valcourt caste le prochain Tesson ? Ça se tourne à Ibiza en mai. J'aimerais trop le faire… Je crois que sa production est aux films du Dauphin.

– Oui, c'est ça… C'est aux films du Dauphin.

– Et tes amours, t'es toujours avec ton enseignante ? Comment elle s'appelle, déjà… T'as quand même continué à voir Stella ? Oh ! je t'ai pas dit ? j'ai rencontré Stella sur une pub pour Kerfel. Super joli, son tatoo sur les reins. Super chaud, à cet endroit ! Oh ! Thomas, ne me dis pas que ça t'a pas fait kiffer ?

– Je suis encore en partie avec Céline. On devait faire un break, mais j'ai peur d'être un peu coincé.

– Un don Juan comme toi ne se fait jamais coincer.

– Cette fois-ci, si, je crains de l'être… J'ai été un peu léger… Comment dire… J'ai fait une boulette… J'ai pas fait assez gaffe… Pas assez protégé, quoi.

– Une boulette ? Oh non, dans quelle galère tu es allé te fourrer ?

J'hésite à me confier à Sandra. Le contexte n'est pas favorable, et elle n'est visiblement pas très à l'écoute. Pourtant, j'ai besoin d'en parler à quelqu'un, d'avoir un retour féminin et sincère sur ce qui m'arrive. Entre deux confidences, Sandra regarde l'écran et s'entraîne à doubler les répliques de ses partenaires. Ses lèvres bougent en rythme et l'expression de son visage est toujours en mouvement.

– Sandra, tu dirais quoi de ton mec s'il te plaquait sans même un regard le jour où tu lui annonces que tu es en cloque ?

– Paul ? T'es dingue ? Il serait incapable d'un truc comme ça, il serait trop content d'être papa ! Tu rigoles, c'est moi qui ne veux pas de mioche ! C'est trop prenant, avec mon métier. J'aurais pas le temps. Regarde Stéphanie : depuis trois ans qu'elle est maman, elle ne tourne plus, elle n'a pas perdu son poids et elle ne parle que de son gamin. Mais pourquoi tu me demandes ça ?… Oh non, Thomas ! Ne me dis pas que… tu vas être papa ? Enfin, je veux dire, ta copine est enceinte ? Mais elle va avorter ? Oh pétard !

– Sandra, Simon, en piste, on a encore quatre répliques et on casse pour aujourd'hui. Sandra, je te garderai juste une petite heure, si tu peux, j'ai des retouches à faire pour une pub sur une bière, il y a trois lignes à dire. Ça te va ?

– Ben c'est un peu chaud, ton histoire… Tu sais ce que tu vas faire ? Faut que je file. Tu m'appelles si tu as besoin. Promis, je tiens ma langue, je dis rien à personne.

Sandra, toujours aussi réactive, est déjà derrière le pupitre tandis que je pèse l'énormité de ce que je viens de lui confier. Il n'existe pas dans Paris une femme qui sache moins garder un secret qu'elle.

– *Montez à l'arrière, et surtout ne bougez pas. Encore deux heures et vous êtes libres.*

– *Ne vous inquiétez pas, et merci pour ce que vous faites.*

– *Tenez bien l'enfant. Si on a un contrôle, il ne doit pas bouger. Si on se fait pincer, vous savez ce qu'on risque. C'est rare que les Allemands montent à l'arrière du camion, mais on ne sait jamais...*

– *Merci encore pour votre aide. Je n'oublierai jamais.*

– *Ça va secouer un peu ; on va prendre les départementales jusqu'au Havre.*

– *Ça ira, ne vous inquiétez pas... On est habitués à se cacher, lui et moi.*

– C'est bon, on casse ! Sandra, tu restes. Simon et Philippe, vous revenez demain matin pour neuf heures. Thomas, c'est bon, tu peux partir, je te rappelle si j'ai autre chose. Prenez soin de vous et bon week-end de l'Ascension.

Certains s'isolent dans un petit ermitage et se sentent dans la plénitude. D'autres sont entourés, mais toujours en manque de compagnie. La pire des solitudes n'est pas d'être seul, mais d'être un horrible compagnon pour soi-même.

La nuit tombe sur la rue pavée et sur mon âme grise. Je marche sous la pluie d'un pas rapide. J'ai besoin de me défouler. Cette séance d'enregistrement m'a épuisé. J'ai besoin de passer mes nerfs, et la marche rapide me calme. Vingt minutes que je me fais saucer. Cette pluie qui pénètre mes vêtements me glace. Céline prévoit toujours un parapluie quand le temps est menaçant, moi jamais. Je fouille dans mes poches à la recherche de quelques pièces de monnaie pour m'offrir un café. Mon portable a pris l'eau, et il n'y a pas un troquet ouvert à la ronde. J'envisage d'appeler Stella. Je m'arrête sous l'auvent d'un marchand de fruits et légumes pour allumer une cigarette. Mon paquet de clopes est écrasé. Mon blouson est trempé. Le soufre rouge du bâtonnet se décolle sur le grattoir humide de la boîte en carton. J'essaie une autre allumette, puis une autre encore. La boîte y passe sans que je puisse enflammer la moindre allumette. Pathétique. Je n'ai plus la force de marcher jusqu'au bureau de tabac, ni l'élan d'arrêter quelqu'un dans la rue pour lui demander du feu. Mon énergie vitale m'abandonne. Je suis triste, et pourtant je ne pleure pas. Je n'ai aucune idée de ce que la vie me réserve. Je n'ai surtout aucune idée de la façon dont je vais pouvoir trouver les ressources qui me manquent pour faire face à la situation. Le vent fait danser les branches noires des marronniers du boulevard Arago. Je longe le mur de la prison de la Santé. Je m'arrête quelques secondes. J'imagine ces hommes derrière les barreaux, enfermés. J'imagine le jour où leur vie a basculé. Je me sens comme eux. Prisonnier, enfermé, et seul. Un prisonnier sans barreaux. Mon mitard, c'est mon esprit. Je regarde les marronniers. Les branches sombres volent, chorégraphiées par le vent. À travers ce ballet lugubre, une lumière omniprésente et bienveillante. Je ne l'avais jamais vue si belle auparavant, si lumineuse. En fait, je crois que je ne l'avais jamais vraiment regardée. Ce soir, la lune est ronde.

5

La nuit noire de l'âme

« Je suis paumé, je tourne en rond et je n'arrive pas à assumer cette situation. Mon intuition me dit que tu peux m'aider. » Carmen n'a pas eu l'air surprise de mon appel. Il y a dans nos retrouvailles quelque chose d'évident, d'attendu, presque. « Lorsque les âmes le souhaitent, elles savent toujours se retrouver », m'a-t-elle dit lorsque je lui ai fait part de mon souhait de la revoir. Je sens que j'ai besoin d'elle et des conseils qu'elle pourra me prodiguer.

Lorsque je lui ai demandé pourquoi elle choisissait la pleine lune pour m'accueillir, elle m'a expliqué que le cycle lunaire accompagnait la vie sur terre, faisant alterner phases de croissance, phases de plénitude et phases de décroissance, comme dans nos existences.

De ce que j'ai compris, Carmen accueille régulièrement chez elle un groupe à qui elle enseigne. Ce groupe est initié par des femmes, mais les hommes y sont bienvenus. « Mais, concrètement, que faites-vous durant cette retraite ? – Rien que tu connaisses encore, je crois ! Nous apprenons qui nous sommes. Nous soignons ce qui est blessé. Nous explorons ce qui demande à être découvert et nous sacralisons pour rendre à la vie ! Nous nous retrouvons dans ma propriété à deux heures de Paris, dans l'Yonne. Le prieuré de Monteau. Il y a de très belles personnes. » Je l'ai entendue sourire, puis elle a ajouté : « Mais ne viens pas pour elles ! Si tu viens pour rencontrer quelqu'un d'autre que toi, tu seras déçu. Prends le temps de sentir si tu veux venir. Assure-toi d'être prêt. Tu as toutes les infos. Préviens-nous si tu souhaites nous rejoindre. »

Carmen n'a révélé aucune autre information sur le séjour. C'est justement ce qui m'attire. J'ai noté sur le dos d'un prospectus les indications. Prendre l'autoroute A5 jusqu'à Marcilly-le-Hayer puis la départementale 54 jusqu'à Rigny-le-Ferron. J'ai quitté Paris un peu après dix-huit heures. Je visais une arrivée sur place pour dîner mais, peu habitué à conduire, j'ai mal estimé la durée du trajet, à commencer par le temps pour rejoindre la porte d'Italie. Je suis un vrai Parisien, je dépasse peu les frontières du périphérique. J'hésite toujours à accepter un dîner quand l'adresse n'est pas à proximité d'une station de métro. Mon amie Léonie m'a prêté sa voiture pour l'occasion. Toujours là pour rendre service, Léonie. Sur la nationale 7, je découvre, comme un explorateur en pleine expérience anthropologique, Vulaine, Vérules, Sormer. À moins d'y vivre, comment s'intéresser à ces coins perdus. J'ignore quelle région je traverse. Elle ne ressemble à rien de ce que je connais. En fait, elle ne ressemble à rien du tout. Une succession de villages tous identiques traversés par une nationale. Une épicerie, une école, une mairie, un PMU et des maisons aux murs de briques rouges et aux volets gris, semblables les unes aux autres. J'emprunte à présent la départementale qui traverse la forêt. Je m'aventure dans un dédale de lieux-dits, de hameaux et de chemins perdus. Quand on choisit Paris pour la beauté de son histoire, la variété des restaurants, la diversité de ses quartiers, la traversée de Rigny-le-Ferron de nuit ressemble à *Voyage en terre inconnue.* Je ne croise personne ou presque sur la route. Ici, un grand-père en short qui arrose son jardin à une heure tardive et s'intéresse à ma voiture quand je ralentis ! Là, derrière sa fenêtre, une vieille femme en tablier rose ouvre un rideau en crochet blanc. Est-il possible, à moins d'y être né, de choisir de s'enterrer ici ? Je quitte ces villages qui au moins hébergent un café ou une mairie pour pénétrer dans des lieux à la démographie encore plus saupoudrée. Désormais, je ne croise plus qu'une propriété agricole tous les deux ou trois kilomètres. Les grands arbres éclairés par la lune donnent à ce voyage une dimension initiatique. Sur des hectares, les champs de maïs alternent avec des forêts domaniales peuplées d'essences que j'apprendrai plus tard à reconnaître, à écouter et à aimer.

Carmen a été précise dans ses indications : « Sur un terrain carrossable, au bout de trois kilomètres, tu repéreras à droite un petit panneau annonçant "La Mignardière", puis "Le Buisson". Continue alors cinq minutes jusqu'à un calvaire, puis tourne à gauche. » Je suis ce jeu de piste en me demandant à quoi ressemblera ma destination. J'emprunte un chemin qui longe une forêt sur trois kilomètres. Je tourne comme indiqué au calvaire. Je longe le cimetière. Curieusement, j'éprouve le besoin de ralentir. Je n'ai pas rencontré une voiture depuis une demi-heure. S'il m'arrivait quelque chose dans ce coin paumé, il se passerait bien longtemps avant que quelqu'un ne s'en aperçoive. Cette pensée provoque en moi autant d'effroi que d'excitation. J'ai besoin de me confronter à la solitude. Carmen me l'a dit : « Tu as peur du silence car tu as peur de la mort, et tu as peur de la mort parce que la vie ne circule plus en toi. » Je songe à cette réflexion alors que je passe devant le cimetière, un endroit où je ne me suis jamais trouvé seul. Je roule au pas. La pleine lune éclaire les croix rouillées et les pierres délabrées des sépultures. Je ralentis. J'ai une pensée pour ces hommes et ces femmes qui ont été maris, femmes, enfants, parents, ces êtres qui ont été militaires, agriculteurs, enseignants, poètes. Ils ont été mariés, ont fêté Noël, ont ri, ont eu peur, et aujourd'hui ils reposent ensemble et ne sont plus rien. Je trouve la vie encore plus vaine. Soudain, je me sens privilégié d'être vivant.

La première fois que j'ai visité un cimetière, j'avais neuf ans. Je n'avais pas pu assister à l'enterrement de mon père. Ma mère et ses sœurs avaient estimé que je n'étais pas en âge de voir un mort. Je n'avais pas vu la mise en bière. Par peur du traumatisme, elles avaient préféré me transmettre une image symbolique de la mort, et nous étions allés quelques jours après l'enterrement nous recueillir devant une pierre tombale. Je n'ai plus jamais voulu y retourner, préférant imaginer mon père veillant sur moi depuis un nuage. Je crois que j'aurais préféré affronter cette réalité plutôt que de me construire sur cette image aseptisée.

Le cimetière se prolonge par un petit bois. Je décide d'y tenter une expérience. J'ouvre les fenêtres de la voiture, je coupe mes feux de croisement et je roule deux ou trois kilomètres à la lueur de la lune. Je n'y vois pas à trois mètres. Je suis comme un enfant qui découvre un nouveau jouet, et qui est tiraillé entre la peur de l'interdit et l'envie de l'expérience nouvelle. Un sentiment de liberté me revigore. Là où je suis, personne ne peut me voir, m'entendre. Je suis affranchi du regard de l'autre. Suis-je plus libre pour autant ? La sensation de rouler tous feux éteints, à la seule lueur de la lune, excite mes sens. Je suis à l'affût, plus animal, plus vivant. À travers les fenêtres grandes ouvertes, le parfum des arbres et de la terre mouillée envahit le véhicule. J'arrête la voiture au milieu de nulle part et m'aventure seul dans la forêt.

« Au théâtre, le relief d'une scène s'appuie sur ses contrastes. Si vous voulez rendre un personnage comique, accentuez le sérieux de ses partenaires. Scapin est drôle dans ses fourberies car Argan est grave. Plus le clown blanc est sérieux, plus l'auguste est libre de ses pitreries. Son pouvoir comique augmente dans une dimension inversement proportionnelle au sérieux de son partenaire. Vous deviendrez libres sur scène en plongeant dans ce qui vous enferme ! Certainement pas en l'évitant. Osez vivre ce qui vous effraie. C'est le terreau de votre créativité. » Ces paroles sont de Gietrich Youlgov, un metteur en scène hongrois exceptionnel, un génie dont l'obsession est de rendre ses acteurs libres. « Soyez désespérément comiques ! Soyez tragiques jusqu'au point de déclencher le rire ! Alors, vous serez libres ! », nous enseignait-il dans ses très prisées master class. Dans ses œuvres, il créait un environnement sacrilège pour renforcer la notion de sacré. S'il voulait mettre en valeur le courage d'un héros, il accentuait dans la scénographie les personnages lâches ou menteurs qui l'entouraient. J'expérimente dans cette forêt la pertinence de ses théories. L'enseignement de Youlgov dépasse les limites de la scène. À cet instant, alors que je marche dans le noir sans entendre aucun bruit si ce n'est le craquement des branches sous mes pas et le chant de quelques oiseaux nocturnes, à cet instant où tout invite religieusement au silence, au respect et au recueillement, j'ai envie de hurler à la mort. Personne ne peut enrayer mon expérience. Il n'y a pas une habitation à des kilomètres. Je suis mon seul censeur. Je me mets à crier tout mon saoul. Je hurle des sons qui ne veulent rien dire, puis viennent des mots, des insultes d'abord, des prénoms puis des bribes de phrase. Je n'en étais pas conscient, mais j'étais sous pression, depuis des heures ; tension, colère, stress. Effet cocotte-minute. Je hurle : « Pourquoi tu m'as fait ça ! Je te hais ! Papa ! Où es-tu ? J'ai peur ! » Ces mots que je n'ai jamais pu prononcer, ces phrases comprimées dans mon cœur et réprimées dans mon corps résonnent dans le silence de la nuit noire. Au nom de l'enfant que j'ai été, je libère ce qui est contenu en moi. La poitrine me brûle. Le flot devient plus fluide. Ce sont alors des larmes de désespoir, de tristesse qui m'envahissent. J'ai envie de taper. Je me saisis d'une grosse branche et je frappe le sol. J'y mets toute l'énergie que mon corps abrite. L'énergie du désespoir. L'énergie de la folie. J'abats le bâton encore et encore, puis je me jette à terre et fouille l'humus de mes mains. Au fur et à mesure de mes coups, je sens la terre devenir plus vivante, plus tendre ; elle dégage un parfum végétal. Je me fais peur. Je dérange la forêt, et pourtant elle m'accueille et encourage mon expérience. Elle est vivante, avec une personnalité bien à elle. De toute ma rage, je crie et hurle à la mort. Mon corps devient loup. J'ai l'impression d'avoir des griffes au bout des mains et de redoutables mâchoires. Je hume l'air de ma truffe. Je libère une puissance depuis trop longtemps étouffée. Mon mental se déconnecte. Je suis habité d'une énergie animale, spontanée. La bête prend le dessus sur l'être consensuel que je suis devenu au fil des ans. Je vois en face cette rage qui sommeille depuis une éternité. Les deux pieds dans la glaise, je hurle les larmes étouffées du petit garçon que j'ai été, le mal-être de l'adolescent qui aimerait oser parler et savoir dire, l'homme que je suis devenu, soumis aux conventions, aux règles de politesse et à tous les conditionnements. Je comprends que ces personnages de mon théâtre intérieur continuent à vivre et à me tyranniser dans mes choix. Je crie, j'insulte les metteurs en scène, les directeurs de casting qui m'ont humilié ou éconduit. Je m'adresse à eux en parlant aux arbres. Je découvre une puissance contenue. Mon corps vibre. Je m'adresse à Céline, je la traite de tous les noms. Je l'insulte pour m'avoir fait un gamin dans le dos. Les larmes succèdent aux cris. Alors que je demande pardon par avance à cet enfant que je ne suis pas prêt à accueillir, je m'effondre. Tout mon corps lâche et je tombe en pleurs sur le sol. Je ne saurais décrire le processus qui s'opéra ensuite dans cette nuit noire de l'âme. La frontière s'estompa entre le réel et l'irréel, entre le rêve et la réalité. Je sais simplement qu'il y eut un avant et un après, et que cette expérience spontanée ne ressemblait à rien de ce que j'avais déjà vécu ou même osé imaginer dans le pire de mes délires. Je me roule par terre. Je déchire ma veste, ma chemise, puis j'ôte mon pantalon, lance mon caleçon sur une branche. Personne ne peut ni me voir ni m'entendre, et cela réveille mes pulsions les plus archaïques. Je chante à la lune, ronde comme le ventre d'une femme enceinte.

Je suis porté par une pulsion qui me dépasse. J'ai besoin de me sentir vivant, de retrouver mon animalité, de lâcher mes tensions réprimées. Je me vois uriner contre les arbres, comme le font les animaux dans la nuit froide et noire pour marquer leur territoire. Je me frotte contre les lichens, me love contre la terre. Cette nuit est douce. Cette terre est sensuelle, accueillante, féminine. J'étale mon corps sur son tapis de feuilles mortes. Je la prends dans mes bras et dans ma bouche. Je n'avais jamais osé goûter la terre. Une image me revient. J'ai quatre ans, je saute dans les flaques et découvre un éventail de sensations nouvelles. De la boue jusqu'aux genoux. Mon père me gronde, me tire l'oreille et m'ordonne de rester immobile au coin de la cuisine pour avoir sali mon pantalon. Humiliation de l'enfance impuissante. Je m'exécute parce que je le crains. Une partie de moi est morte ce jour-là. D'autres facettes sont mortes dans les années qui ont suivi, parce que j'ai été trop sage, trop poli, trop obéissant. Dans ce rituel de pleine lune, je ressuscite la spontanéité de l'enfant que j'ai été. Je vole à son secours. Je ranime l'adolescent soumis. Ce soir, enivré de l'énergie de la lune, je ne crains rien ni personne. Je me roule dans la terre humide. Je suis pris d'un désir organique porteur de toutes les fois où je n'ai pas osé être moi-même, de tout ce que j'ai réprimé, de tout ce qui a été frustré, contenu par les convenances, les « il faut », les « on doit ».

Je n'avais jamais senti de désir sexuel autrement qu'en présence d'une femme. Je n'avais jamais imaginé que l'odeur de la terre et la danse solitaire puissent provoquer une telle érection, une telle puissance de vie. Dans cette nuit de pleine lune, mon désir n'est orienté vers rien ni personne, je bande d'une vitalité émergeant de la terre et dont je suis le canal. Je la danse, la célèbre. La virilité des premiers hommes respire et transpire à travers mon souffle. Je tape le sol de mes talons de tout mon saoul sur le rythme du chant que m'inspirent les profondeurs de la terre. Après avoir longtemps célébré, je m'allonge, épuisé, transi, dans les fougères. Je me laisse pénétrer par le silence du monde végétal.

Dans mon rêve, Carmen danse autour d'un feu avec des sorcières en robe blanche, dont une jeune femme aux cheveux roux tressés sur un visage parsemé de taches de rousseur. Dans mon rêve, ou mon délire, elle danse avec moi. Elle se transforme en louve pour me montrer la route, puis lèche mon visage. Je ne sais combien de temps dura cette transe. Carmen m'apprendra plus tard que j'ai vécu une expérience chamanique spontanée. Ça peut arriver à des personnes qui n'ont pourtant aucune expérience. Pour l'heure, j'ignore encore tout de ces termes qui vont me devenir familiers, je ne sais pas ce qu'est un rituel et encore moins un chaman. Je distingue mal le rêve de la réalité. En revanche, j'ai découvert l'énergie tribale et la puissance des loups. J'ai rencontré la lune et me suis laissé toucher par elle. Dans un état modifié de conscience, j'ai fait l'amour avec la terre sous la pleine lune. Je me réveille comme dans le corps d'un autre. Un corps plus compact, plus présent, plus dense.

Je n'oublierai rien de cette joie profonde à la clarté de l'aube. C'est la première fois que je vois le jour se lever dans une forêt anthracite ; le ciel devient gris lumineux teinté de bleu, ce même gris-bleu que portait Carmen lors de notre rencontre et qui avait attiré mon regard. La clarté rend les arbres moins menaçants. Dans le clair-obscur, la forêt retrouve sa splendeur innocente. Il doit être à peine cinq heures du matin lorsque je réintègre pleinement mon corps. J'ai bien quelques courbatures ici et là, mais la fatigue dans mes mollets et dans mes cuisses n'est pas douloureuse. Je n'oublierai rien des premiers oiseaux qui chantent dans la fresque rouge et jaune du ciel avant que le soleil ne se lève. Je m'étire. Un sourire se dessine sur mes lèvres, et je vibre de cette satisfaction que doivent ressentir les navigateurs en apercevant la terre ferme après une tempête. Je rassemble les vêtements que je peux. Ma respiration a changé. Elle est plus profonde. Je remercie la forêt qui s'éveille. Ma voiture est restée ouverte durant la nuit. Je me suis garé sans le voir devant un petit panneau de bois clair sur lequel est peint à l'encre délavée : « Prieuré de Monteau 4,5 km ».

« Mettez plus de vie dans votre art et plus d'art dans votre vie… » La leçon de Louis Jouvet, le maître du conservatoire à ses élèves dans le film *Entrée des artistes,* résonne en moi. Je parcours les derniers kilomètres en état d'apesanteur. Il n'y a plus d'à-coups dans ma conduite. Je me sens léger, et en même temps inspiré par les profondeurs de la terre. Je gare ma voiture sur un terre-plein, j'attrape mon sac et j'emprunte un long sentier pédestre qui mène du parking à la bâtisse. Ainsi, voilà le prieuré de Monteau ! Une demeure bourgeoise en pierres de taille datant d'un autre siècle. Des ferrures aux fenêtres, plusieurs toits de tuiles plates. Assez discret, finalement. Rien de l'extérieur ne me laisse imaginer ce qui s'y passe. Le parc est peuplé de grands arbres, et on ne voit aucune habitation aux alentours. J'arrive à ce qui semble être l'entrée principale et toque assez fort sur la porte en chêne pour me faire entendre.

Il se passe quelques minutes avant que quelqu'un ne m'ouvre. J'avais annoncé une arrivée pour le dîner, et il est six heures du matin. Avoir pu taper à la porte sans faire attention à cette convention me surprend. Je n'attache pas d'importance non plus à mon apparence, à ma chemise débraillée, à la terre dans mes cheveux, à mon jean sali. J'aurais fait fuir n'importe quel passant à qui j'aurais demandé mon chemin. La jeune femme qui m'ouvre ne semble porter aucune importance à mon apparence. Elle m'accueille d'un sourire. Je ne saurais dire si je la réveille ou si elle n'a pas dormi tant elle semble venir d'ailleurs. Elle est déjà élégante malgré l'heure matinale, sobrement vêtue d'une robe blanche en coton froissé, et sa belle chevelure rousse couvre largement ses épaules et sa nuque. Ce n'est pas tant l'expression de son visage parsemé de taches de rousseur qui me laisse interdit, que le médaillon en corne que j'aperçois sur son cou, dans l'entrebâillement de sa robe, un médaillon sur lequel est gravée une magnifique tête de loup. Sans même me demander mon prénom ni me donner le sien, elle me fait signe d'entrer.

6

Ressentir

– Vous prenez vos décisions avec votre tête, car on vous a enseigné que le cerveau est le centre de votre intelligence. Tant que vous ne savez pas l'apprivoiser, votre mental, plein de jugements, décide de votre vie à partir de ce qui est conditionné en vous, et donc de ce qui est déjà mort.

La phrase est prononcée d'un trait avec une articulation parfaite. Carmen Arteba est aussi lumineuse tôt le matin qu'elle l'était le soir de nos retrouvailles.

J'observe le cercle d'inconnus assis sur des coussins. Certains ont posé sur leurs jambes un châle, qui donne à leur assise une impression de stabilité. Je ne suis pas familier des réunions spirituelles et je me méfie des gourous de tout poil. Céline m'a invité une ou deux fois aux réunions d'un groupe thérapeutique auquel elle se rend parfois. J'ai fui. Je ne suis pas à l'aise quand il s'agit de confier mes sentiments en public. Je trouve indécent d'exposer ses blessures à des inconnus. Je choisis de garder ça secret. Moi aussi, j'ai mes bleus à l'âme, comme tout le monde, mais je préfère m'en occuper seul. Je les soigne au mieux. Aujourd'hui, c'est différent. Je suis touché par le calme qui règne dans la pièce. Chacun écoute l'enseignement de Carmen. Est-elle un maître spirituel ? Chaque fois que je la vois, cette femme m'impressionne un peu plus. Son charisme force le respect. Pour autant, je ne ressens aucune tendance au pouvoir ou à l'adoration, ni de son côté ni du côté de ceux qui l'écoutent. Sa voix m'apaise. Mon arrivée est passée inaperçue. Qui pourrait deviner que je hurlais à la mort quelques heures plus tôt avec une femme loup imaginaire dans une forêt près d'un cimetière isolé ? Est-ce si important ? Je jette un coup d'œil sur les membres de l'assemblée, majoritairement féminins. Je me demande quel est leur métier, leur itinéraire, ce qui les a conduits ici. Comme je me demande encore ce que je fais là.

– Notre mental fonctionne comme un ordinateur programmé à résoudre les mêmes équations, nous reproduisons le même scénario avec des protagonistes différents.

Carmen fait glisser entre ses doigts les perles d'un collier, ce qui produit le léger cliquetis qui rythme ses propos. En l'écoutant décrire nos scénarios répétitifs, je pense à mes histoires d'amour dont le processus est toujours semblable. Léonie, Sandra, Laura, des femmes que j'ai aimées et dont je me suis éloigné dès qu'elles ont cherché à s'engager avec moi. Je suis toujours méfiant à un moment ou à un autre dans mes relations amoureuses. Mon obsession à afficher ma liberté cache-t-elle la peur d'être envahi ? D'où me vient cette peur ? Est-ce que je ne devrais pas changer mes croyances sur le féminin plutôt que de multiplier mes conquêtes amoureuses ?

– Le mental fonctionne de manière binaire. Il sélectionne ce qu'il juge bon ou mauvais, réussi ou raté, vrai ou faux. Nous abandonnons la moitié de nous-mêmes pour élaborer ce que nous sommes fiers d'appeler notre personnalité.

Carmen est habituée à s'asseoir en tailleur. Ça se voit. Elle est stable. On dit d'un acteur qu'il a de la présence lorsqu'il habite ses gestes. Carmen dégage cette présence magnétique. Pour ma part, m'asseoir sur un coussin n'est pas naturel. J'ai mal aux genoux, et je dois faire des efforts pour me maintenir immobile. J'ai du mal à me concentrer. Je pense à tant d'autres choses, à cette danse qui m'a possédé cette nuit dans la forêt, à Céline, qui ne sait pas que je suis là. Elle est enceinte. Je n'arrive pas à m'y faire. Je ne suis pas capable de me projeter en tant que père. J'ai peur de perdre ma liberté. Tant de couples rêvent d'avoir des enfants ! Pourquoi le fait de devenir père m'effraie-t-il à ce point ? Je ressens une telle angoisse que je n'arrive pas à suivre ce que dit Carmen. Pourtant, je sais que son enseignement me ferait du bien. Depuis le temps que j'entends dire que la méditation aide à la stabilité. Du reste, ai-je jamais été stable ? Ma position sur le coussin me renvoie à mon instabilité dans la vie, avec les femmes, dans mon métier, une forme d'insécurité profonde au niveau de mon assise.

Je vois bien que je suis assailli par mes pensées. Je gamberge sans cesse. Je n'arrête pas de penser. Même la nuit. Comme si je ne me laissais jamais tranquille. Une nouvelle pensée surgit : j'aimerais que la femme au médaillon de louve vienne s'asseoir à mes côtés. Cette pensée m'a distrait. Cette femme qui m'a ouvert la porte tout à l'heure m'attire. J'ai envie de parler avec elle, envie de savoir qui elle est.

– Nos pensées alimentent notre inconscient, qui ne fait pas la différence entre ce qui est réel et ce qui ne l'est pas. Imaginez que vous mangez un plat trop épicé, votre cerveau réagira exactement comme si vous mangiez réellement ce plat. Il en va de même dans nos relations avec les autres, nous nous rendons malheureux pour des réactions, des attitudes que nous ne faisons qu'imaginer. Ces peurs qui ferment notre cœur s'élaborent à partir de scénarios que nous tricotons. Inconsciemment, nous avons peur d'être trahis, rejetés, abandonnés, parce que nous ne sommes pas guéris de notre blessure originelle : le manque d'amour. Lorsque nous nous aimons suffisamment, nous pouvons enfin aimer l'autre pour ce qu'il est. La méditation nous aide dans cette voie.

Carmen affiche un sourire en terminant cette phrase. Je mesure quel chemin elle a dû parcourir pour se connaître à ce point, et sans aucun doute pour pouvoir s'aimer. Je me rappelle que, lorsque nous répétions le Musset, elle était la seule actrice à apprendre la totalité des rôles de ses partenaires. Elle avait besoin de comprendre parfaitement la psychologie d'Octave, de Cœlio. Elle se dressait contre le metteur en scène dès que celui-ci était incohérent ou manquait d'exigence. Elle détestait la fadeur, le compromis. La scène pour elle était un espace sacré qui devait sublimer l'humanité. Elle avait la même exigence dans son hygiène de vie. Un jour, elle avait écrasé le paquet de cigarettes que je venais d'acheter. « Comment peux-tu apprendre à poser ta respiration alors que tu fumes ? Ton souffle, c'est ta vie ! Où est ta cohérence, Thomas ! » C'est peut-être parce qu'elle ne trouvait pas cette cohérence auprès des acteurs français qu'elle est partie se confronter à l'exigence du théâtre indien et du kabuki.

Ce matin, c'est cette congruence qu'elle nous transmet à travers son enseignement. J'expérimente avec Carmen ma première séance de méditation guidée.

– Soyez présents dans votre corps. Il n'y a rien à faire ou à obtenir, juste à être. La méditation consiste à être attentif à ce qui se joue en soi. Ne cherchez pas de résultat. Respirez profondément. Soyez établis en votre temple intérieur.

Au fur et à mesure de ses explications, je me sens devenir plus intime avec mon corps. D'une façon générale, j'ai plus tendance à regarder les autres qu'à m'écouter moi-même. La vraie solitude me fait peur, et je fais tout pour l'éviter.

– Posez votre attention sur votre cœur. Est-il ouvert ? Vous sentez-vous en manque ? De qui ? De quoi ? Attendez-vous quelque chose ? Lorsque nous sommes pleins de nous, notre cœur s'ouvre instantanément. Nous nous affranchissons de la reconnaissance, de la séduction. Vous accueillez-vous dans votre totalité ? Accueillez vos émotions. Elles sont bienvenues.

À cette phrase, une vague de tristesse m'envahit. Mon cœur est fermé, je le sens bien. Je ne sais comment l'ouvrir, et puis, j'ai toujours entendu l'inverse : « Ne pleure pas, ça ne sert à rien… Arrête de te mettre en colère… Je te donne dix secondes pour te calmer… Tu as fini de te plaindre ? » Des phrases entendues mille fois. Mes émotions réprimées ne demandent qu'à s'exprimer, ces pleurs d'enfant jamais écoutés. Un souvenir précis émerge. Je pensais n'en avoir conservé aucune empreinte. C'était quelques jours avant le décès de mon père. Il maintenait une distance entre nous, était centré sur sa maladie, me parlait peu de lui. Quand je cherchais à l'approcher, il me repoussait en disant : « Je ne suis pas disponible pour l'instant, mais bientôt on ira en vacances et on aura tout le temps de se faire des câlins », « Je ne peux pas manger avec toi, mais quand je serai guéri, je t'emmènerai dans le plus grand restaurant de Paris. » Jour après jour, la liste de ses promesses s'allongeait : « Tu ne sais pas te défendre, Thomas, je t'apprendrai à boxer. » La maladie avait rapidement évolué. Il avait brutalement maigri, ses traits s'étaient creusés. Le jour où il est mort, ses promesses, aussi nombreuses qu'inaccessibles, ses serments, tout s'est évaporé. Nous ne partagerions jamais ces moments d'intimité. Le monde s'est effondré.

Malgré mon immense chagrin, j'avais perçu la détresse de ma mère. Et à elle, que lui avait-il promis ? Sa blessure semblait plus profonde encore que la mienne. Existe-t-il une hiérarchie dans la souffrance ? J'avais besoin qu'on me console. Alors que je recherchais le réconfort de maman, ma grand-mère m'avait pris dans les bras : « Regarde comme ta mère pleure, il va falloir que tu te montres fort pour l'aider. Tu es un grand, maintenant. » En quête de reconnaissance, je m'étais coupé de ma propre tristesse pour apparaître costaud. J'aspirais à prendre la place de l'homme de la famille du haut de mes neuf ans.

D'autres souvenirs émergent. Des pleurs retenus, des chagrins réprimés. La voix de Carmen se fait distante. Elle est un phare au milieu de la nuit. Mon corps est le puzzle de ceux que j'ai été, l'enfant triste, l'écolier humilié, l'adolescent abandonné. Je dois me dissocier de ces souvenirs si je veux vraiment être libre.

Après la méditation, nous marquons une pause. Je m'éloigne du groupe. J'ai du mal à trouver ma place, ici. J'ai besoin de m'isoler. Je cherche sur quoi m'appuyer, je me sens bancal. J'ai tout à reconstruire, et le peu que j'ai entendu de l'enseignement de Carmen secoue le frêle échafaudage sur lequel je me suis construit. Je me sens paumé. Je me raccroche à ma respiration, à mon souffle, à la vie qui circule en moi. Ne pas me laisser aimanter par mon passé, ni mon futur, ni par mes pensées. Rester juste ici et maintenant. Être un bon compagnon pour moi-même. Je ralentis, je prends conscience de mon poids, de mes tensions. J'ai appris lors de stages à l'Actors Studio à identifier mes émotions et la façon dont elles circulent dans mon corps. J'ai exploré les sensations qui rendent mes personnages plus réalistes sur scène, mais je n'ai jamais envisagé les bénéfices que ces exercices pouvaient apporter à ma propre vie. Je garde les yeux fermés. Ça me fait du bien de m'intéresser un peu à moi. J'écoute ma respiration. Au bout de quelques minutes, je m'apaise. C'est alors que je sens une présence dans ma bulle. La présence est subtile. Quelqu'un est derrière moi. Le corps sait quand il est observé. J'ai souvent remarqué que les femmes que je regarde dans le métro, même de dos, finissent toujours par tourner la tête pour repérer celui qui les observe. Ont-elles des capteurs sur les omoplates ? Quelqu'un s'approche. Je perçois son parfum. Je crois reconnaître l'huile essentielle d'ylang-ylang et le musc. Sa respiration est lente. Sans ouvrir les yeux, je reconnais la vibration de la femme au médaillon de louve qui m'a ouvert la porte. Elle ressemble tant à cette jolie sorcière qui dansait avec moi dans mon rêve. Son souffle frôle mon épaule. C'est intime d'écouter le souffle d'une inconnue. Tout se joue en quelques secondes. Je partage le rythme de sa respiration, son haleine. C'est d'une incroyable sensualité. Puis, nous nous prenons les mains. Ce qui me surprend d'abord, c'est qu'elle m'offre ses mains quand, moi, je cherche à les attraper. J'y décèle un fonctionnement habituel de ma part : saisir plutôt qu'accueillir. Je prends les mains qu'elle semble m'offrir et lui chuchote :

– Je sens de la douceur dans tes mains, de la sensualité, de la féminité…

Je cherche mes mots. Je m'accroche à ses phalanges. Spontanément, j'ai peur qu'elle s'échappe. Il y a un silence, puis elle prend mes mains dans les siennes. Sans les serrer, sans les masser, comme si elle percevait la vie qui les habitait. Elle me murmure d'une voix rassurante :

– Tu n'as plus de raison d'avoir peur. Tu es touchant dans ta maladresse. Quand je t'ai ouvert la porte, tout à l'heure, tu me semblais tellement étranger à toi-même, et en même temps sincère dans ton intention. Ton regard était fuyant, perdu, comme un enfant qui se trompe de destination. Pourtant, quelques secondes m'ont suffi pour voir ta belle âme. Derrière ta blessure, tu es beau. Tu es bienvenu, tu es accueilli, tu es nécessaire. Je m'appelle Iris.

7

La saveur de l'obscurité

Voilà quatre jours que j'ai pris mes quartiers au prieuré de Monteau. Je me familiarise avec la bâtisse. Elle a été habitée par les moines trappistes au début du XVIIIe siècle. L'édifice en pierres bénéficie d'un emplacement stratégique. Légèrement en hauteur pour maintenir une position dominante, assez en retrait pour se fondre dans une forêt de chênes. Aucun voisin à des kilomètres à la ronde. Une rivière borde la propriété. Les moines savaient y faire, en termes de tranquillité. Cet environnement inspire le silence et le respect du sacré. Si ce n'est un christ en croix sur le fronton, une statue en pierre de l'archange Michel et quelques portes en chêne où sont sculptées les scènes de la Passion, la présence chrétienne reste discrète à l'intérieur des bâtiments. Carmen a acheté cette propriété en rentrant d'Inde. Elle a été aidée par une fondation pour la restaurer. Le prieuré de Monteau est une forme d'aboutissement de sa carrière, un investissement à la hauteur de son ambition, élégant, mystérieux, majestueux. À son image.

Les repas ont lieu dans un réfectoire qui impressionne par sa hauteur. Six ou sept mètres. Les plafonds hauts sont-ils propices à l'élévation de l'esprit ? J'ai proposé à Iris que nous déjeunions ensemble. Le réfectoire n'offre pas l'intimité d'un dîner aux chandelles, mais ce partage sera l'occasion de découvrir Iris, de parler avec elle, de la connaître. Je n'ai pas encore réussi à échanger avec cette belle rousse comme je l'aimerais. Iris m'attire. Je veux en savoir plus sur elle. J'ai l'impression qu'elle m'évite. Chaque fois que je m'approche, elle s'éloigne. Ce déjeuner va être l'occasion de la rencontrer vraiment. Quand j'évoque ce point, elle me rétorque :

– Tu me rencontreras lorsque tu te seras rencontré toi-même, Thomas. Ne le prends pas mal, mais je sens une avidité en toi dès que tu t'approches de moi. J'ai l'impression que tu veux me dévorer ou me prendre. Je repère ça spontanément chez certains hommes. J'ai l'impression d'être une proie face à toi. Ça me donne envie de fuir. Tu peux l'entendre ? Tes blessures sont encore à vif. J'ai l'impression que tu cherches l'autre pour te remplir. Pourtant, je vois la belle personne que tu es et j'ai envie de te découvrir. Je suis curieuse de te rencontrer. Nous allons déjeuner ensemble, oui, mais ça sera un déjeuner particulier pour toi. Je te propose une expérience. Tu es prêt ?

Iris pourrait me proposer n'importe quoi tant sa voix m'envoûte.

– Oui, je le suis.

– Nous déjeunerons ensemble en silence et je te banderai les yeux. Je veux que tu te concentres sur toi, sans te nourrir de moi. Je devine que tu aimes tout contrôler. Je préfère que tu t'abandonnes. Ça te dit ?

Cette expérience m'intrigue. Je déjeune souvent seul, à la maison. Pour combler la solitude, j'allume la radio. Je n'ai aucun plaisir à manger en solo, et encore moins à cuisiner pour moi seul. Je prends mes repas, ma douche, je me brosse les dents souvent mécaniquement, en pensant à autre chose. Je suis rarement à ce que je fais. Iris m'invite à un silence méditatif. Manger en silence, c'est se libérer des mondanités, des politesses, être plus intime, revenir à soi, prendre conscience du goût des aliments, ne plus manger machinalement. Iris m'offre une forme d'entraînement de l'esprit par la pleine conscience au corps.

– Mais ça va faire un peu bizarre que je déjeune avec un bandeau, non ? Les autres vont se demander à quoi nous jouons, tu y as pensé ?

Iris s'agace.

– L'image, toujours l'image. Je te propose une expérience à vivre de l'intérieur, Thomas, et tu te préoccupes de ce que les gens vont penser de toi ! Mais quel type d'homme es-tu ? Qu'est-ce que tu en as à faire ? Si tu ne te permets pas de vivre ça ici, où le pourras-tu ? Oublie un peu ce que les gens pensent de toi. Du reste, ils ne s'intéressent pas à ce que tu fais, chacun est concentré sur lui, que crois-tu !

Au moment où Iris me propose de déjeuner à l'aveugle, un souvenir émerge. Quand j'avais huit ans, un accordeur de piano aveugle de naissance a pris mon visage dans ses mains pour percevoir qui j'étais. L'année suivante, il avait touché mon nez, mes joues quelques secondes avant de me saluer par mon prénom. Ses mains avaient enregistré les contours de mon visage. Je lui avais demandé comment il se repérait dans les rues de Paris. Sa réponse m'avait étonné : « Aucun pavé ne ressemble à un autre pour celui qui est présent dans ses pieds. Aucun rideau ne se ferme sur les yeux de celui qui a le cœur ouvert. » Il avait développé une perception si fine de son environnement grâce à ses autres sens qu'il était capable de se repérer partout où il était déjà allé. Son odorat, son ouïe et son toucher s'étaient aiguisés pour compenser sa vue. Lui aussi était magnétique.

Nous voilà à table. Iris m'a bandé les yeux avec son foulard à elle. C'est une épreuve de me concentrer sur moi. Son parfum m'enivre ; je fais mon possible pour m'établir en mon centre. Alors que l'obscurité aurait pu m'inquiéter, elle me rassure. Iris a raison, je suis conditionné par le regard de l'autre. Je me rends compte à quel point je suis dominé par la peur du jugement, la peur de déplaire, la quête de reconnaissance. Nous passons notre temps à nous chercher du regard, à nous observer, à nous séduire, à nous juger. Pour l'heure, les yeux bandés, je cherche mes repères. Iris vient de poser devant moi un bol de potage. Je sens le fumet de l'asperge. J'identifie le laurier et le thym qui parfument ce plat. Ce jeu m'amuse. Je promène ma cuillère à la surface du potage, à la découverte de sa texture. Je laisse fondre la première cuillerée de velouté sur ma langue. Je reconnais le goût de la pomme de terre, l'onctuosité de la crème fraîche. Mon palais, mes gencives participent à cette expérience. Je croque dans un grain de poivre. C'est sensuel. Pour autant, je n'arrive pas à être complètement à ce que je fais. Je me demande ce que pense Iris en me regardant manger. Ma tête est pleine. C'est un effort d'être présent à soi. Je trouve ce jeu tellement enfantin, tellement joyeux. Je pense à l'enfance, à l'enfant que Céline porte. Elle doit m'en vouloir de ne pas lui avoir donné de nouvelles. J'ai manqué d'élégance. J'aurais pu au moins lui envoyer un message. A-t-elle annoncé sa grossesse à ses proches, à ses parents ? Je revois l'enfant que j'étais. Des images, des mots me reviennent à l'esprit… « Dépêche-toi de manger… » Les repas n'ont jamais été des moments de fête. Ma mère, qui détestait cuisiner, faisait en sorte que cela aille vite. Mes cogitations m'empêchent d'apprécier pleinement cette expérience en silence. Pourquoi est-ce donc si difficile d'être présent ici et maintenant, d'apprécier la joie des petits moments, sans culpabiliser, sans gamberger ? Je continue l'expérience. Une bouchée après l'autre. Je suis à l'affût de mes sensations. Je ressens de la gratitude pour ceux qui ont préparé ce repas, pour les légumes, pour la terre.

– Qu'est-ce que tu ressens ? me demande Iris.

– Je sens que tu dois bien rire de moi.

– Ça, c'est ce que tu imagines. Que ressens-tu ?

– C'est pareil, non ? Ce que je ressens, ce que je pense… Que veux-tu savoir ?

– Je veux savoir ce que tu ressens, me répète Iris calmement.

– Je me demande qui est dans le réfectoire, je me demande si Carmen est là, si on me regarde…

– Non Thomas, ça, c'est ce que tu penses. Ce que tu sens, ça se passe dans ton ventre, dans tes tripes. Tu as peur ? Tu es inquiet ? Amusé ? Las ? En colère ? Regarde en toi. Te sens-tu plein ou vide ?

Laisse-toi aller simplement à écouter tes émotions. C'est si difficile ?

Je comprends où Iris veut m'emmener. J'écoute ma respiration, ce qui se passe dans mon ventre.

– Je me sens continuellement oppressé, Iris. J'ai peur de me tromper à chaque fois que je parle avec toi. Je ressens la même peur avec Carmen, la peur de ne pas être à la hauteur. Vous semblez si sûres de vous, l'une et l'autre, si établies dans votre vérité. J'ai peur d'être jugé, je me sens nul. Je crois que j'ai besoin d'être accueilli pour me sentir en confiance.

– On est bien d'accord, dit Iris, tu as besoin d'être accueilli et tu ne l'es pas. Tu le seras lorsque tu t'accueilleras toi-même quoi qu'il arrive. Sors de la comparaison, du jugement, aime-toi pour ce que tu es, dans ta beauté et dans ta fragilité. J'ai l'impression que tu te juges beaucoup, tu te contrôles. C'est dommage, ça rigidifie ton visage. Tu es beau quand tu réussis à te détendre.

En parlant, Iris pose devant moi une assiette. Je goûte à ce qui s'y trouve. Je devine un cake aux légumes. Le goût des olives, celui des tomates séchées, du romarin.

– C'est dans la plénitude de l'instant que tu trouveras la paix. La vie fait des miracles quand on la laisse œuvrer. Fais-toi confiance, sois présent à chacun de tes gestes, apprécie chaque respiration, chaque pas, chaque seconde que tu expérimentes, sans te préoccuper de la suivante. J'ai déposé devant toi la suite de ton repas. Tu es gâté, c'est un tiramisu aux fruits rouges ! Apprécie-le. J'ai goûté ton dessert, j'espère que tu ne m'en voudras pas… Les framboises sont délicieuses. Jouis de chaque bouchée, laisse fondre les fruits sur ta langue, tu verras comme c'est sensuel. Sois délicat avec tes lèvres, comme si tu m'embrassais ; je sais que tu en as envie. Tu verras, en te rapprochant de toi, en étant pleinement en lien avec toi, tu te rapprocheras de moi. À présent, je vais te présenter quelqu'un qui vient de nous rejoindre. Je vais te laisser en compagnie d'une personne que tu as évitée et qui peut être ta meilleure alliée dans ce prieuré, celle qui va t'accompagner désormais.

À cet instant, j'entends un mouvement de chaise et le rire frais d'Iris. Puis le silence. J'ai le trac. Quelqu'un d'autre semble être là. De qui s'agit-il ? J'imagine Carmen, Jacques, Isabelle, un prêtre… Qui est là ? J'écoute attentivement, mais aucun bruit, aucune odeur, juste une présence. J'affine mes sens. Il me faut quelques secondes pour admettre que je suis seul face à mon assiette. Bien sûr, comment n'ai-je pas deviné ! Je vais me tenir compagnie. Je suis la personne la plus importante de ma vie… Iris l'a dit… Iris qui a quitté la table. À quoi joue-t-elle ? Je sens immédiatement mon plexus se bloquer. J'entends son pas s'éloigner dans le fond du réfectoire. Elle vient de me planter seul devant mon dessert, les yeux bandés, devant tout le monde. Je me sens comme un gamin puni. Au moment où je me sentais si vulnérable, où j'avais le cœur grand ouvert, elle disparaît. Me teste-t-elle ? Je sens un manque dans ma poitrine. Je sens de la tristesse, de la panique. Est-ce elle qui me manque déjà ou moi qui me manque encore à moi-même ? Pourtant, alors que je pourrais enlever le bandeau, me lever et la rejoindre, une voix intérieure m'invite à rester assis. Si j'accepte son défi, c'est que je perçois qu'elle me propose une initiation, une opportunité de me rencontrer, et j'aime les challenges. Je calme ma respiration. Je saisis ma cuillère, je prends le temps de chaque bouchée. Iris avait raison : ce tiramisu est sensuel comme un premier baiser.

8

La femme de la librairie

Sept jours que je n'ai posté aucun message sur les réseaux sociaux. Je n'ai consulté ni mes mails ni mon répondeur. Cette autarcie certainement salutaire provoque chez moi une forme d'angoisse. Au prieuré, je passe toute la journée à observer mon comportement, à chercher à m'améliorer. Cette constante introspection finit par me peser. Je comprends Iris quand elle me demande de lâcher le contrôle. Mais, pour lâcher, j'aurais envie de m'affaler devant une série télé, un gin tonic dans une main et une cigarette dans l'autre, tout en critiquant le système juste pour oublier que je suis ce système. Le fait d'être invité à ne pas utiliser son portable ici me stresse. De toute façon, la connexion ne passe que sur le parking. Il faut être motivé pour parcourir un kilomètre à pied jusqu'à l'entrée du domaine pour avoir du réseau.

Pour prendre un bol d'air dans ce lieu où j'apprends justement à respirer, je me suis éclipsé de la bâtisse. Je relève mes messages. J'ai été réveillé avant le soleil, par un cauchemar... Céline arrivait à terme. Mes parents, en blouse blanche, participaient à l'accouchement dans une étable. Une sage-femme nous accompagnait. J'étais prostré dans un coin de la pièce. Céline mettait au monde une petite fille, puis deux garçons, et encore trois filles, un tout petit vieillard, une sorte de monstre à deux têtes, une grenouille en barboteuse et d'autres créatures étonnantes. Mon esprit est-il si dérangé ? Au total, elle accouchait de vingt et un enfants. Céline accueillait toute cette famille. Moi, j'étais tétanisé par cette étrange paternité. Ce cauchemar m'a sorti du lit. Je n'ai pas voulu rester dans ma chambre. Seul sur le parking éclairé d'un pauvre lampadaire, j'interroge ma boîte vocale en faisant les cent pas pour ranimer les barrettes de mon portable. J'aimerais avoir des nouvelles de la capitale. Je ne me sens pas encore prêt pour parler avec Céline, mais je veux savoir comment elle va. Elle a essayé de me joindre à plusieurs reprises. Elle n'a pas laissé de message. Je me trouve vraiment égoïste. J'ai honte de ne pas oser affronter la situation avec elle. Je lui rédige un texto : « Céline, je suis parti à ma recherche. C'était devenu incontournable. Je ne me sens pas à la hauteur de cette paternité que tu m'offres. Je suis incapable de la moindre décision. J'ai besoin de temps. J'admire ton courage et ta détermination. Je n'en ai pas tant. Je prends soin de moi, c'est pour l'heure l'attitude la plus juste. Je me sens tellement maladroit. Pardon. Pardon, encore pardon. Je t'embrasse. Thomas »

Je ne suis pas prêt à écrire davantage. Un autre message me donne brutalement envie de rentrer à Paris : Anita Devray me propose de passer les essais pour un téléfilm. Le message date d'avant-hier. Elle m'invite à venir en début d'après-midi. Il est six heures du matin. En partant maintenant, je peux voir Anita aujourd'hui.

Je me dirige vers l'appartement de Carmen. Nous n'avons eu aucun tête-à-tête depuis mon arrivée, je ne la vois que dans sa posture d'enseignante. Cette visite matinale me donne l'occasion de plus d'intimité. Arrivé à la porte de son appartement, je secoue brièvement un carillon métallique. Je n'attends que quelques minutes avant de voir la porte s'ouvrir.

– Tu fais de l'insomnie ou tu pars déjà ?

Carmen porte un grand châle sur les épaules. Son intérieur est sobrement décoré. Du petit salon où elle m'accueille, j'aperçois l'angle de son lit, recouvert d'une couette mauve encore défaite. J'engage la conversation en hochant la tête en direction de son lit :

– C'est une jolie couleur.

– Le lilas du lit ? Oui ! C'est une couleur propice aux rêves… Ceux de cette nuit m'ont ramené des années en arrière… J'ai rêvé que je faisais mes premiers pas au théâtre. J'avais treize ans. J'étais morte de trac. Je bafouillais, je ne me souvenais plus de mon texte. Un grand oiseau blanc volait à mon secours. Hybride d'aigle et de pélican, il planait au-dessus de la scène et atterrissait sur ma poitrine. J'étais seule à le voir. C'était très doux… Tu te souviens de tes rêves, Thomas ?

– D'une façon générale, j'essaie surtout de les atteindre. Le rêve de cette nuit, je préfère l'oublier.

– Tu as l'air sur le départ. Après quel rêve cours-tu pour quitter le prieuré de si bon matin ?

Tout en me parlant, Carmen coupe un citron qu'elle presse dans deux jolies tasses d'eau chaude. Elle m'en tend une.

– Le plus beau des rêves. Me découvrir, et être en paix. Je ne fais qu'un aller et retour à Paris. Je serai revenu demain pour la première méditation. J'en ai besoin.

– Tu es beau, Thomas. Elle a de la chance, la femme qui rencontrera ton cœur lorsque celui-ci aura trouvé la paix.

En disant cela, Carmen m'ouvre ses bras. Je la trouve vulnérable ce matin, accessible, et plus belle encore. Je la prends dans mes bras. J'aime l'odeur de ses cheveux et le parfum de sa peau. Nous nous étreignons ainsi pendant un long moment. Ma main glisse le long de sa colonne vertébrale sous son châle aux larges mailles. Elle est vêtue d'un élégant pyjama en satin couleur prune, elle ne porte pas de soutien-gorge. Plus présent que jamais à mes gestes, je sens ses vertèbres sous mes doigts. Le satin est léger sous mes paumes. Les muscles de son dos réagissent à mes caresses. Sa respiration, comme la mienne, est profonde. Je la serre suffisamment et, en même temps, je ne la retiens pas. Son corps est chaud. Mon souffle se perd dans ses cheveux noirs qui sentent le feu de bois et le café. Il y a dans ce câlin de la tendresse, de l'amitié, de la complicité. C'est peut-être ça, l'amour. Son pyjama est si doux. Je glisse sur ses reins. Je m'arrête au moment où mes mains atteignent ses fesses, presque plus gêné qu'elle par mon geste.

– C'est bon de te prendre dans mes bras, Carmen. J'ai l'impression de retrouver cette complicité que nous partagions sur scène.

– Elle est précieuse pour moi aussi, cette tendresse… Quand je suis partie en Inde, j'ai coupé avec le milieu du spectacle. Je saturais. J'ai conservé peu d'amis de cette période. Je n'en pouvais plus de ces ego surdimensionnés qui ne cherchent qu'à briller. J'ai eu besoin de simplicité, de générosité et de vérité dans mes rapports avec les autres. Ça n'a pas été toujours facile de vivre si loin, mais qu'est-ce que ça a été bon ! Tu me ramènes des années en arrière. Ce n'est pas confortable d'être une enseignante spirituelle.

Si tu savais ce que les gens projettent sur moi ! On m'imagine sans failles, sans faiblesses. La solitude de l'artiste, celle de l'ermite et celle du sage se ressemblent tellement ! Je sais que je suis sur la bonne route, je suis engagée dans une voie sans concessions, et j'en paie le prix fort. Je suis touchée que tu me fasses confiance pour t'accompagner.

Au moment où je desserre mon étreinte, j'entends la douche couler. Je ne peux m'empêcher de lui demander :

– Tu n'es pas seule ?

Carmen semble surprise par ma question.

– Non…

– Mais qui est sous la douche ?

– Iris, pourquoi ?

Carmen rajuste sa tenue. Elle entortille en chignon ses longs cheveux noirs et y pique une baguette de bambou.

– Tu es jaloux, Thomas ?

– Tu aurais pu me prévenir, au moins !

Au moment où je dis ça, je prends un peu de distance. Je repose ma tasse sur le guéridon dans l'entrée.

– Te prévenir de quoi ? Je ne sais même pas de qui tu es jaloux, d'elle ou de moi ? Ton cœur est tellement volage !

Il y a un silence. Je suis déstabilisé de savoir Iris sous la douche. Oui, je suis ambivalent. Je suis touché par Carmen autant que par Iris. Carmen m'impressionne par son esprit, et Iris par sa sensualité. J'ai l'impression d'aimer deux femmes, peut-être trois, en fait… Iris, Carmen et Céline, qui me touche par son engagement, sa droiture au quotidien.

– Je suis jaloux de ta liberté, Carmen, de ta paix intérieure et de ta beauté !

Je jette un regard par-dessus son épaule. Je reconnais sur le lit la robe blanche d'Iris. Je l'imagine dans les bras de Carmen. Je suis curieux, je la désire, je suis jaloux. Je suis soudain, moins à l'aise pour lui parler. Oui, j'ai probablement des attentes, des projections et bien des paradoxes. Il me reste à les éclairer. Carmen pose sur ma joue une caresse qui m'accompagnera tout le trajet. Pourtant, je repousse sa main.

– Je me demande si tu n'es pas en train de me manipuler, Carmen ! Tu me prends dans les bras alors que tu viens de passer la nuit avec Iris. C'est quoi ce double jeu ?

– Double jeu ? Tu imagines quoi ? Que je t'appartiens ? Ce n'est pas moi qui te manipule, ce sont tes projections. Vis l'instant présent, tu verras, on y est bien ! Sans projections, pas de manipulation !

Carmen a raison. Je projette tant sur elle. Nous vivons un temps suspendu. J'ai besoin de me calmer pour continuer ma conversation avec elle.

– Comment fais-tu la différence entre le désir et l'amour, Carmen ?

– Lorsque j'aime, mon désir est détendu. Plus j'aime, plus je me détends. Aimer, c'est permettre à l'autre d'être pleinement qui il est. Tu sauras que tu aimes vraiment quand tu ne voudras plus posséder l'autre. Quand tu n'auras plus aucune attente, ni jalousie. Je sens bien que tu me désires ; c'est flatteur pour moi, car tu es un bel homme, mais tu ne me posséderas jamais, Thomas, parce que je m'appartiens déjà à moi-même. Si tu veux, je te dirai quand je me sentirai aimée de toi réellement. Tu finiras par t'aimer toi-même, j'en suis sûre. Alors il te sera facile d'aimer. Fais-toi confiance, donne-toi du temps.

Je m'éloigne, en faisant trois pas à reculons.

Mon esprit est confus. Je suis blessé, j'ignore pourquoi. Sans doute de vieux conditionnements. Je manque de discernement pour explorer davantage. « L'attente est une chaîne qui lie tous nos plaisirs » : cette phrase de Montesquieu résonne dans mon cœur. Je ne sais pas ce que j'attends, mais j'ai toujours l'impression d'attendre quelque chose, ou quelqu'un. J'attends avant d'agir, j'attends d'être pleinement moi-même. J'attends qu'Iris et Carmen me reconnaissent. Je me sens empêtré dans mes vieux fonctionnements. Rouler me changera les idées. Je décide de rentrer à Paris.

La route du retour me semble plus courte. Je roule deux heures entières avant de rejoindre la capitale. Ce sas était nécessaire.

Il n'est pas encore midi lorsque je me rends place Sainte-Catherine pour participer à mon casting. Sûrement pas le rôle d'une vie, mais quelques jours de tournage qui seraient bienvenus. Carmen m'aurait certainement parlé de synchronicité, puisque j'auditionne pour le rôle d'un personnage qui s'appelle Thomas. Je ne suis pas vraiment concentré à ce casting. Je me sens libéré de l'enjeu. Peu importe que je sois pris ou non, ça ne va pas changer ma destinée. Je vis ce casting comme un jeu. J'incarne une nonchalance qui peut correspondre au personnage, mais me coupe de toute la fougue qui faisait partie de ma personnalité. Je me sens terne. Sans tension, c'est vrai, mais sans passion. Un peu éteint. Je ne me suis même pas changé pour porter des vêtements adaptés au personnage. Mon pull sent la campagne et le feu de bois, et mon pantalon de velours est enfoncé dans mes bottes en caoutchouc.

– Présentez vos deux profils et vos mains à la caméra, et votre actualité.

Anita Devray, la directrice de casting qui m'interroge, semble blasée par ces questions. Elle rencontre une dizaine de comédiens pour chaque rôle et entend souvent les mêmes réponses pleines de promesses, celles d'acteurs vantant leur palmarès et cherchant à la convaincre qu'ils ressemblent au personnage pour se faire engager. C'est une petite femme de soixante ans, aux cheveux courts et teints en roux. Elle porte des lunettes dont les verres ont la taille d'une pièce d'un euro. Elle plisse constamment les yeux pour accommoder. Elle m'interroge sans vraiment me regarder, en ajustant le cadre de sa caméra et en notant sur sa tablette les infos me concernant. Pour ma part, j'ai à peine lu le scénario et privilégie l'authenticité. Afin de répondre aux questions d'usage, je suis inspiré par nos échanges du prieuré. Il y a un tel décalage entre l'esprit de Monteau et ce casting que je n'arrive pas à faire semblant. Ces jeux de séduction me fatiguent. Je cherche le regard de cette femme, ce qui est un défi…

– Qui je suis ? Un homme en chemin qui joue le rôle d'un acteur, un grand adolescent de trente-huit ans qui peine à soigner ses blessures pour savoir s'il peut être parent. En fait, Anita, pour être honnête, je ne sais plus très bien qui je suis. Je suis en chantier. J'ai vaguement lu le script, et je suis là parce que j'ai besoin de gagner ma vie. Thomas et moi, on porte le même prénom, ce qui a créé une sympathie, et je suis disponible actuellement.

J'ai dit tout ça en restant assez calme et en respirant profondément.

Anita lève son regard de l'écran et me gratifie d'un sourire amusé.

– On va faire les essais quand même.

Je ne sais pas à quoi fait référence son « quand même », s'il est en lien avec ce que je viens de dire ou avec ma dégaine d'homme des bois.

– Thomas est bibliothécaire et entretient avec une jeune étudiante indienne une relation platonique. Il s'exprime en citant des phrases d'auteurs dont il a l'impression d'avoir la garde. Il est timide. Il a trouvé le courage de l'aborder comme Christian dans *Cyrano de Bergerac.* C'est un *Cyrano* des temps modernes qui se joue dans une bibliothèque. On y va ? Vous prenez un ton décontracté. On doit sentir que vous êtes introverti et que vous faites un effort pour communiquer. C'est clair ?

– Vos explications sont claires, Anita, sur le fait que lui ne l'est pas. Ma réponse est claire ?

Je m'amuse à répondre. Il y a quelques mois, je ne me serai pas autorisé cette impertinence. Anita se dirige vers la caméra, ajuste le cadre, enfonce ses lunettes miniatures à la base de son nez et me donne la réplique de derrière son œilleton. Je réponds en fixant son épaule pour rester dans l'axe de la caméra. Elle met en marche et murmure :

– Ça tourne.

Anita lit le rôle de Nidra. Elle n'est pas comédienne, et ça s'entend. Elle ne fait aucun effort pour articuler, ni même pour être dans le rythme du personnage.

– *Vous me tenez toujours la porte. C'est parce que vous êtes gentleman ou simplement poli ?*

– *Croyez-vous qu'il soit simple d'être poli ? La politesse est plus généreuse que la franchise, car elle signifie qu'on croit en l'intelligence de l'autre.*

– *C'est joli ce que vous dites.*

– *C'est Roland Barthes qui dit que la politesse est plus généreuse que la franchise… Moi, je ne fais que répéter.*

– *Vous le répétez bien, j'aime votre voix.*

– *Tous admirent le paon, alors les oiseaux disent : « Regardez ses pattes et écoutez sa voix. » C'est un proverbe japonais.*

– *Vous croyez que je ne vous regarde pas comme il faut ?*

– *On regarde chez l'autre ce qui nous arrange, mais l'essentiel est invisible avec les yeux. On ne voit bien qu'avec le cœur.*

– *Oui, je la connais celle-ci, Saint-Exupéry.*

– *Quand on est timide, on parle plus facilement avec les mots des autres.*

– *Et on vit plus facilement la vie d'un autre ?*

– *Tous les mots ont déjà été dits. Certains l'ont été avec élégance. Je suis sensible à l'élégance, vous savez, et puis j'ai une bonne mémoire. Alors je retiens facilement les citations. Je n'ai pas de mérite à ça, je passe ma vie des livres à la main.*

– *J'aime vous entendre.*

– *Et moi, j'aime vous regarder, Nidra.*

– OK, arrive ensuite une autre jeune femme qui lui demande *les Fleurs du mal*… La première scène s'arrête là. C'est plutôt pas mal, Thomas, vous dites la scène simplement. Ça peut plaire. Je présente les acteurs au réalisateur mardi, réponse mercredi. Il y a six jours de tournage début octobre à Paris. Vous êtes bien libre ?

– « Nous n'avons qu'une liberté, celle de nous battre pour la conquérir. » C'est une citation d'Henri Jeanson. Oui, je suis libre, ou plutôt j'apprends à l'être. Bonne journée, Anita.

Sans chercher à en savoir plus sur les conditions de tournage, en faisant confiance à ce qui doit être, je prends mon blouson et quitte le studio. J'ai envie de marcher un peu dans Paris. Je remonte la rue de Turenne et tourne à droite pour rejoindre la place des Vosges. La plus ancienne place de Paris, voulue par Henri IV, n'a rien perdu de son élégance. Qu'il pleuve, qu'il neige ou qu'il fasse soleil, qu'elle soit déserte ou bondée, la place est un repère où je viens distraire mes journées de spleen. Je flâne le long des arcades, passe devant la maison de Victor Hugo, regarde les quelques vitrines de magasins. Puis, je m'aventure dans les petites rues du Marais. Je longe la rue Charlemagne, remonte la rue Saint-Paul et tourne rue Saint-Antoine pour rejoindre l'hôtel de Sully. Le soleil a réchauffé cette journée automnale. Je me pose quelques instants dans le jardin de l'hôtel. Je sors de mon sac mon vieux livre de Fernando Pessoa, écorné, jauni, annoté à chaque page… Je n'ai pas ouvert ce recueil, pourtant bon compagnon, depuis des semaines.

Je ferme les yeux. J'aime interroger mes auteurs préférés pour leur demander un conseil, une inspiration… Je me concentre sur ma relation avec Céline. Quelle posture adopter ? J'agis souvent ainsi lorsque je manque d'intuition. Dois-je l'appeler ? Dois-je accueillir l'enfant ? Je pose mentalement la question, je prends une grande respiration et ouvre le livre au hasard. Les vers de Pessoa me murmurent à l'oreille.

Suis ta destinée,
Arrose les plantes,
Aime les roses.
Le reste est l'ombre
D'arbres étrangers.

Une jeune femme passe avec un bébé dans les bras. J'esquisse un sourire. *Le reste est l'ombre, le reste est la peur*… Je bois chaque rasade de poésie comme on déguste un bon vin.

Regarde la vie de loin.
Ne l'interroge jamais.
Elle ne peut rien
Te dire.
La réponse
Est au-delà des dieux.

J'aime trouver refuge dans la poésie du Marais et dans celle de Pessoa. Je recopie le poème sur une feuille volante et laisse résonner dans mon cœur les vers de l'auteur découvert il y a des années lors d'un voyage à Lisbonne.

Mais sereinement
Imite l'Olympe
Au fond de ton cœur.
Les dieux sont dieux
Parce qu'ils ne se pensent pas.

Je quitte le jardin de l'hôtel de Sully. J'erre dans les rues en me laissant guider par mon inspiration. Je descends la rue Saint-Antoine jusqu'à Bastille, puis remonte sur Richard-Lenoir. Le long tunnel percé sous ce boulevard depuis le bassin de l'Arsenal jusqu'à celui de la Villette diffuse son histoire à travers les soupiraux du jardin piétonnier. Le passé des Templiers, les catacombes, les ruines de la prison de la Bastille résonnent sous mes pas. La mémoire de notre civilisation est enfermée dans les souterrains de Paris.

Je remonte le boulevard jusqu'à la Grisette et à la rue du Faubourg-du-Temple. Je suis à quelques encablures de notre immeuble, et pourtant je n'ai pas l'élan de monter jusque chez nous. Céline doit être rentrée. Je vois de la lumière aux fenêtres. Je respire profondément. Je lui envoie de l'amour. À défaut de pouvoir lui dire en face, je lui envoie de la tendresse. J'aimerais avoir le courage de monter les escaliers, mais je me sens lâche. J'aimerais me poser moins de questions et assumer mes responsabilités, j'aimerais la prendre dans mes bras et que tout soit simple, mais je me sens tellement dans la résistance… C'est ainsi. Qu'est-ce que j'ai fait à mon cœur pour qu'il soit si brisé, si méfiant ? Je reste là une heure entière à l'imaginer. Elle est enceinte, que ressent-elle ? Et le bébé, que ressent-il ? Est-il plus vivant que je ne le suis moi-même ?

« Les dieux sont dieux parce qu'ils ne se pensent pas. »

Je compose le code de l'immeuble, laisse dans notre boîte aux lettres le poème de Pessoa et disparais. Je vais dormir quelques heures dans la voiture, car je veux être à Monteau pour le lever du soleil.

9

Oui

Le feu crépite dans son cercle de pierres. Carmen l'a allumé aux premières lueurs de l'aube. Nous offrons au brasier le bois qu'il va consommer. Le feu est sacré, il est vivant. Il a le pouvoir de purifier et de réveiller notre vérité.

– Il est tant de situations où vous dites oui alors que tout votre corps ressent non. Mais savez-vous encore écouter votre corps et les signaux qu'il vous envoie ? Sous l'effet de la peur, votre mental prend le contrôle. « Comment l'autre va-t-il réagir ? Qu'est-ce qu'il va dire ? Vais-je tout de même lui plaire ? » Nous recherchons l'approbation de nos enseignants, la tendresse de nos parents, l'affection de nos amis. Nous ne nous contentons pas de nous adapter, nous nous suradaptons. Nous cherchons à faire plaisir, à être polis, gentils. Nous acceptons ce plat pour ne pas faire de peine à la cuisinière, cette invitation pour ne pas décevoir nos hôtes, nous recevons nos beaux-parents alors que nous aimerions être seuls. Nous disons oui alors que tout notre corps ressent non. Nous cherchons à être gentils plutôt qu'à être vrais. Ces petites trahisons nous éloignent de nous. À force d'être polis, nous devenons lisses comme des galets dont la mer aurait érodé les aspérités. Nous devenons socialement correct, mais loin de notre vérité. Petit à petit, jour après jour, goutte à goutte, sans même en prendre conscience. La peur de déplaire remplace l'élan de vivre. À force de caler nos comportements sur les attentes des autres, nous devenons des étrangers pour nous-mêmes.

Les flammes éclairent les visages à la lueur de l'aube. Le soleil se lève à l'horizon.

– N'est-ce pas devenir égoïste que d'écouter son nombril ? Il faut savoir faire des concessions, notamment quand on vit en couple, non ? On ne fait pas toujours ce qu'on veut dans la vie.

La question est posée par Anne-Marie, une femme de quarante-deux ans atteinte d'un cancer du sein. Cette maladie l'a amenée à prendre soin d'elle alors qu'elle avait consacré sa vie à faire plaisir à son mari et à ses enfants. La chimiothérapie l'a amaigrie. Anne-Marie semble perdue. Sa question n'attend pas de réponse, mais une main tendue. Elle est vêtue d'une robe qui la rend insignifiante et elle a couvert son crâne d'un châle en soie assez terne qui représente des papillons en vol. Il lui a fallu beaucoup de courage pour partager son interrogation. Sa question m'interpelle. Est-ce égoïste de s'occuper de soi ? Est-ce plus généreux de se sacrifier ? Carmen lui répond simplement :

– Comment veux-tu prendre soin des autres si tu ne sais pas prendre soin de toi ? Comment veux-tu sécuriser tes enfants en étant toi-même inquiète ? Comment être tendre avec tes proches si tu es sèche avec toi et si, à force de te priver, tu as perdu jusqu'au goût intime de la tendresse ?

En murmurant, Carmen se rapproche du feu et y jette une poignée d'encens qui fait crépiter le foyer de milliers de flammèches jaunes et rouges.

– Tu t'es oubliée en te dévouant au service des autres, Anne-Marie. Aujourd'hui, ton cœur s'est refroidi. Tu as le droit d'être heureuse et de prendre soin de toi.

Le cliquetis du collier que Carmen tient dans sa main accompagne le chant du feu.

– Prenez de quoi écrire, isolez-vous et notez les fois où vous avez dit oui alors que vous aviez envie de dire non, toutes les fois où, pour faire plaisir, vous n'avez pas osé être qui vous êtes. Ces papiers termineront dans les braises. Par le feu, nous transformerons nos croyances.

Carmen nous regarde nous isoler pour effectuer ce qu'elle nomme un rituel de guérison. Je me concentre sur ce rituel et, lorsque je me retrouve face à ma page blanche, les mots viennent tout seuls. Ma main suit le mouvement. Le tracé des lettres est naturel : « Quand tu m'as proposé que nous nous installions ensemble, Céline, j'ai dit oui alors que c'était non. Quand tu as parlé d'aller au ski avec tes copains, j'ai accepté alors que tout mon corps résistait ; je ne l'ai pas écouté et je me suis foulé la cheville sur la première piste, un bel avertissement. » Je revois, alors que je les écris, ces épisodes de ma vie. Le passé simple se conjugue avec un passé complexe et composé de mensonges à moi-même et de petits compromis avec les autres.

Les années défilent dans mon esprit : « Le jour où, maman, tu m'as demandé si j'étais d'accord pour partir chez ma tante après la mort de papa, j'ai dit oui alors que c'était non. » Je sens des larmes couler le long de mes joues à mesure que je noircis ma page des trahisons de mon enfance. « Quand tu m'as dit que je serais un grand garçon raisonnable si j'acceptais de partir en pension, j'ai dit oui alors que c'était non. » Je sens une colère en moi alors que le feutre révèle ce que mon cœur réprime. « Quand tu m'as demandé de rester sagement dans ma chambre alors que tu t'enfermais avec un inconnu dans la tienne, je disais oui alors que c'était non. Quand tu m'as dit, Céline, que j'allais être papa dans cet escalier de malheur, je n'ai pas pu te dire… »

– Mais c'est non ! C'est non ! Non !

Sans m'en rendre compte, j'ai formulé cette phrase à voix haute, comme pour m'en exorciser. Désormais, le papier est trop fin pour accueillir ma tristesse.

– C'est NON, parce que je ne sais pas être père, parce que je ne veux pas apprendre à l'être. C'est NON, parce que j'ai trop peu connu le mien, et je ne peux pas donner ce que je n'ai jamais reçu.

Ma voix est déchirée par des sanglots. Ma respiration s'étouffe. Le chagrin est si fort que je lâche le cahier et que je rythme mes phrases par des coups de poing sur le sol. La parole prend le dessus sur l'écriture. C'est mon cœur qui pleure et mes larmes qui parlent. Je ne sais plus à qui je m'adresse, ni qui à travers moi s'exprime. Je suis comme possédé. Le petit enfant que j'ai été a besoin d'être entendu. Brutalement, je me lève. Si je dois dire ce qui m'a blessé à quelqu'un, c'est à ma mère qu'il faut que je parle. Je ne vais rien régler en écrivant sur des papiers qui finiront au feu, mais en allant la voir et en lui parlant. Je quitte le cercle et m'éloigne du feu. Je suis ivre de fatigue. Trois nuits que je ne dors que quelques heures. Je trébuche vingt mètres plus loin et m'effondre sur un tapis de feuilles. Je suis en larmes. Iris me rejoint, ainsi que Carmen. Elles m'enlacent. Jacques, un des rares hommes du groupe, survient à son tour. Il se plaque dans mon dos pour me contenir. Cela me rassure. Carmen pose sa main chaude sur mon ventre. Elle l'a glissée sous mon tee-shirt. C'est ce contact physique qui déclenche mes larmes. Des sanglots d'abord, puis des cris. Iris quant à elle caresse mes cheveux et m'invite à respirer profondément.

Le sol est recouvert d'un épais tapis de feuilles, et Iris m'entoure de sa tendresse. Ensuite, tout va très vite. Ma respiration s'accélère brutalement, je manque d'oxygène. Je suis proche de la tétanie. Je suis en nage. Mes membres tremblent, j'ai peur qu'il m'arrive quelque chose, que mon cœur lâche. Des images se bousculent dans mon esprit. Je m'imagine en train de venir au monde. Je vis une superposition de scènes. Je vois le visage de ma mère, son ventre rond. Je me revois enfant, puis j'ai l'impression de baigner dans son utérus, je suis un fœtus. Souvenirs de naissance. Impression d'être un nouveau-né, odeurs d'éther, envie de vomir, fureur. Images de maternité. Le corps de ma mère allongé sur un drap blanc. Mon corps me déchire. Je vis une expérience entre transe et rêve éveillé. Je laisse faire le mouvement. La main chaude de Carmen reste calme sur mon abdomen, et la voix d'Iris m'encourage. Elle m'invite dans un premier temps à accélérer ma respiration, ce qui renforce la transe intérieure, puis à la calmer, ce qui amène des images à mon esprit. Mon corps est déchiré de soubresauts, ma respiration s'affole, je me crispe sans pouvoir me détendre. Je reste partiellement conscient de ce qui m'arrive, et la voix de Carmen m'invite à stabiliser ma respiration. Carmen – je ne distingue plus son visage à travers mes larmes – saisit son tambour et en tire des sons réguliers, comme les battements d'un cœur, comme la respiration de la terre, comme le ventre de ma mère. Le son du tambour me fait voyager entre ici et ailleurs. Entre mon présent et un passé qui file jusqu'à la nuit des temps. Je mets longtemps avant de retrouver mon souffle. Je pleure, puis mes sanglots se calment. Mon corps se détend. Ma respiration redevient profonde. Je suis allongé sur un tapis de feuilles mortes. Le feu crépite et éclaire le ciel de ses reflets rouges. Comme un arc-en-ciel après la tempête. Ivre de fatigue, je m'endors.

10

Renaître

Plusieurs heures ont filé depuis cet étonnant rituel. Nous nous retrouvons pour la pause dans le salon, où le feu crépite dans une cheminée monumentale.

– Ce que tu as vécu ça s'appelle un rebirth… C'était la première fois pour toi ?

Iris me pose la question comme on demanderait à son premier amant ou à quelqu'un qui tirerait sur un joint sans avaler la fumée si c'est sa première fois. Je me sens novice…

– Un rebirth, dis-tu ? Oui, c'est la première fois… Tu crois qu'il est nécessaire de renouveler souvent ce type d'expérience ?

Iris me sourit franchement. Elle tient à deux mains son mug coloré et souffle sur son thé à la réglisse. Je suis curieux de savoir ce que ce dessin que j'aperçois à la naissance de sa clavicule peut bien représenter. Il s'agit d'un tatouage trop fin pour être tribal et trop large pour n'être qu'un papillon. Le mystère du tatoo disparaît sous son tee-shirt.

J'imagine un loup dessiné sur son flanc et sur sa poitrine, et j'ai du mal à la regarder dans les yeux.

– Ça semblait douloureux comme naissance, non ?

– Comme naissance, dis-tu ?

La question d'Iris me laisse perplexe.

– Comme naissance, oui, c'est ce que tu viens de revivre. Tu réalises ? Le rebirth est un rituel de guérison qui reproduit la naissance telle que tu l'as vécue. Ça permet de guérir des blessures de notre vie intra-utérine. Tu as revécu ton accouchement !

Durant cette expérience, en effet, j'avais été envahi d'images d'accouchement. J'interroge Iris pour en savoir plus.

– Le placenta enregistre la façon dont nous avons été accueillis, jusqu'aux émotions ressenties par nos parents. Notre naissance a-t-elle été provoquée ? attendue ? Sommes-nous nés par césarienne ? à terme ? prématurés ? Ces informations s'enregistrent dans les cellules et ont un impact sur notre personnalité. Tu n'as pas le même programme si tu as baigné dans un bain d'amour, si tu es venu au forceps ou si tu avais le cordon autour du cou. Ce programme conditionne tes relations futures. C'est ainsi que nous répétons dans notre vie d'adulte les peurs de notre mère ou les traumatismes du jour de notre accouchement.

J'écoute Iris avec attention. Ses explications mettent en lumière les fonctionnements complexes de cette personnalité, dont je deviens de plus en plus curieux. J'en sais si peu sur ma propre naissance… J'ai l'impression d'avoir escamoté mon passé, d'avoir recouvert mes blessures d'un déni. Je garde de mon enfance la sensation d'être de trop, de gêner. J'ai l'impression que je cherche auprès des femmes l'amour que j'attendais de ma mère. Je n'ai pas le souvenir de sa tendresse, de ses mots doux… Je n'ai jamais parlé de ma naissance avec elle. Je ne sais pas comment elle l'a vécue, dans quel état elle était, dans quel état était mon père… Était-il présent ? Me désirait-il ? Aujourd'hui, j'ai besoin de ces informations. J'ai besoin de me réapproprier l'histoire de ma vie. Je pense à ma mère. Elle seule pourrait me raconter.

– Tu vois, la maman d'Isabelle, la femme blonde qui est intervenue ce matin, a fait trois fausses couches avant de parvenir à la concevoir. Elle voulait un enfant, mais elle craignait de le perdre. Cette peur se répercute dans le comportement d'Isabelle : peur d'être malade, de mourir, d'être abandonnée. Comme elle en est consciente, elle s'en libère progressivement. Quant à Violaine, celle qui porte un piercing sur le sourcil, son père battait sa mère pendant la grossesse. Quand elle a compris que ses kilos en trop étaient une protection, elle a fondu comme neige au soleil ! Sa façon de se protéger à elle, c'était de prendre du poids, de créer une bulle de protection. Elle a fini par s'aimer, jusque dans le message de son prénom…

J'interromps Iris :

– Le message de son prénom… que veux-tu dire ?

– Violaine, pour une femme dont la mère a été abusée et battue par le père… ça ouvre des pistes, non ? Rien n'est dû au hasard, tu sais.

Les explications d'Iris sont cohérentes. Je l'écoute comme j'écouterai un metteur en scène me décrire la construction d'un personnage au théâtre.

– Ce matin, mon cœur s'emballait, je ne pouvais plus respirer. Ça fait partie du processus ?

– Tu as senti comme tu étouffais ? Les émotions enfouies remontent à la conscience et nous permettent d'y voir plus clair sur notre comportement. C'est une clé dans la transformation, mais elle n'est pas toujours agréable.

– Mais une naissance, c'est toujours douloureux, non ? On a beau vouloir des enfants, on sait bien que venir au monde est une torture pour la mère et pour l'enfant.

Iris est surprise par ma question.

– Quelle idée, une naissance n'est pas forcément un supplice ! À la naissance de ma fille, j'ai eu une forme d'orgasme ! Je l'ai tellement désirée ! Elle est venue au monde à la maison, en présence de son père, de mes deux grands fils et d'une sage-femme. Tout était doux. Nous avions installé un bassin ; je voulais accoucher dans l'eau. J'ai vécu un enchantement qui a duré plusieurs jours ! Des contractions physiques ouvraient mon cœur, sans limites ! Une extase ! Durant cet accouchement, j'étais la femme qui accouche, l'enfant qui vient au monde, j'étais le feu, la terre, le vent, la lune. Il n'existait aucune limite entre moi et les autres. Je sentais ce qui se passait dans le corps de chaque personne dans la pièce. Mes perceptions dépassaient mon enveloppe physique, ça a été une expérience d'unité incroyable ! Un cœur ouvert, qui englobe et intègre tout autour de lui est un cœur qui cesse de souffrir parce qu'il n'est plus séparé. Plus aucune frontière, imagine ! Une naissance peut être orgasmique quand la peur disparaît. Et puis, la présence de mon compagnon à mes côtés était rassurante. Il était si doux. Il massait mes pieds, mon visage, il veillait à la température de la pièce, à l'éclairage. Il protégeait mon environnement. J'ai pu me lâcher. Ce fut le plus beau jour de ma vie.

Iris pose son mug sur son cœur pour le réchauffer après cette confidence. Elle semble jouir de cette chaleur au niveau de sa poitrine, et son visage devient encore plus rayonnant. Ces petites attentions quotidiennes confirment qu'elle sait prendre soin d'elle. Elle s'arrange pour rayonner en toutes circonstances. Dès qu'elle peut jouir d'un rayon de soleil, elle le reçoit comme une bénédiction. Elle m'observe longtemps avant de me demander :

– Tu as des enfants ?

Il y a un temps de silence. Mon cœur se ferme. Après le récit de son accouchement orgasmique, elle me renvoie au chaos de ma vie. À cette seconde, je déteste cette femme et ma propre histoire. Je réponds sans conviction :

– Pas encore, ou peut-être jamais, je ne sais pas… Sujet sensible !

Iris boit une grande rasade de thé.

– Cette femme qui va te donner un enfant, tu l'aimes ?

Son regard me transperce. Ses paroles sont bienveillantes. Elle ne me juge pas, elle veut juste savoir qui je suis. Comme j'ai du mal à formuler une réponse cohérente, Iris continue :

– Lors de ton rebirth, avais-tu envie de naître toi-même ?

– Pourquoi cette question ?

Depuis que la conversation porte sur mon histoire. Je suis sur la défensive. J'ai tendance à être sur mes gardes dès que les questions deviennent intimes, mais je tiens vraiment à changer de posture, à rester ouvert.

– Si tu n'as pas eu envie de venir au monde, comment veux-tu avoir envie de donner la vie toi-même ? Respire, Thomas, je ne te veux pas de mal ! Avant de savoir si tu veux un enfant, demande-toi si tu es prêt à accueillir l'enfant que tu as été.

Mon cœur se serre.

– Je ne devais pas avoir très envie de revenir sur cette terre. J'ai du mal à m'adapter à ce monde… Comme un acteur sur une scène de théâtre… Je joue un rôle, le rôle de ma vie, mais profondément, ni le scénario ni le style de l'auteur ne me donnent envie d'en faire une œuvre d'art, dis-je à Iris.

– Si nous n'arrivons pas à nous adapter à ce monde, c'est que nous sommes sur terre pour en créer un nouveau.

Iris sourit en prononçant cette phrase.

– Moi non plus, je n'arrivais pas à m'incarner dans ce monde tant j'avais l'impression de venir d'une autre planète. Petite fille, je trouvais la vibration de cette terre trop lourde pour m'y épanouir. Reliée à mes anges, et si peu aux humains… À quatorze ans, j'étais une jeune fille proche de la nature. Je voyais les auras et j'avais des rêves prémonitoires. J'ai eu beaucoup de mal à me sentir incarnée. Jusqu'à l'âge de vingt-quatre ans, je vivais de petits boulots. Je pressentais que j'étais sur terre pour aider les gens. Je me sentais un peu sorcière, un peu guérisseuse, un peu médium. Je ne voulais pas gagner d'argent de peur de perdre ma sensibilité… Encore des croyances qu'il m'a fallu visiter. J'ai bien nettoyé mon histoire, tu sais, pour pouvoir affirmer aujourd'hui que je suis heureuse.

J'aime entendre les confidences d'Iris.

– Le père de tes enfants est resté avec toi ? Tu as un homme dans ta vie en ce moment ?

Cette question déplacée m'a échappé. Je la pose mécaniquement à Iris, comme pour me placer avec elle. Iris me plaît, elle m'intrigue.

– J'ai un homme, oui… Et quelques femmes, aussi. J'imagine que tu as été troublé de me savoir dans le lit de Carmen avant-hier matin…

Elle boit une gorgée. Son regard disparaît derrière son mug pendant quelques secondes.

– Moi aussi, j'ai été amoureuse de Carmen, tu sais… Elle me fascinait. Je n'avais jamais rencontré une femme si belle dans sa liberté. Elle m'a aidé à retrouver la mienne, de liberté ! J'avais connu beaucoup d'hommes à qui je m'offrais. Carmen m'a appris à m'offrir à moi-même. Elle m'a appris à connaître mon corps, ma sexualité. Elle m'a appris que la jouissance peut s'étendre sur une journée entière et se démultiplier quand le cœur est ouvert. Avec elle, j'ai découvert une sexualité sacrée qui dilate le cœur et la conscience. Rien à voir avec ce que les mecs pouvaient m'offrir. Oui, Carmen m'a appris que le cœur ouvre le sexe, comme le sexe ouvre le cœur.

– Tu es bi ?

Iris éclate de rire.

– Tu as vraiment besoin de cataloguer, Thomas ! Pourquoi me mettre une étiquette ! Tu veux m'enfermer dans l'une de tes cases ? Je suis une femme, ça te va ? Une femme avec ses paradoxes, sa complexité, son désir et sa liberté !

Ma question était stupide. En fait, je crois que je me posais la question à moi-même. Je suis jaloux de sa liberté. Je n'ai jamais connu d'hommes dans ma sexualité ; cette idée me répugne, alors que je trouve cela très beau chez deux femmes. Du coup, je ne m'autorise pas les affections masculines, la fraternité. J'ai une ou deux fois été attiré par un homme, mais la peur m'empêchait de ressentir le moindre sentiment. J'étais inquiet que cela n'effrite ma virilité. Je m'interroge. J'aime cette complicité qui se noue avec elle. Je me sens amoureux d'elle. Plus exactement, je me sens amoureux, mais je ne sais pas de qui.

– Tu me plais beaucoup, Iris. J'aimerais qu'on continue à se voir après ce séjour.

Iris m'attire. J'avais besoin d'être rassuré sur le fait que cette relation se prolongerait. J'avais, comme souvent, peur de passer à côté de quelque chose, à côté de l'amour, à côté de la vie, à côté de moi, peut-être.

– Tu as tant de mal à ne vivre que l'instant présent… Tu fais fausse route, Thomas. Ce n'est pas parce que je t'ouvre mon cœur ici que j'ai des projets avec toi. Je te vois regarder Carmen avec les yeux de l'amour, puis tomber amoureux de moi quelques heures plus tard… Tu es en couple avec une femme qui va te donner un enfant. Ce que tu vois chez moi, ce que tu aimes chez moi, ce que tu désires de moi, c'est le reflet de ta propre lumière. Si tu veux vraiment rencontrer une belle personne, je t'encourage à t'intéresser à toi. Cette rencontre te nourrira plus qu'aucune autre… Tu verras ! Tout est en toi, Thomas. On aime vraiment quand on ne cherche plus à posséder l'autre… Aimer, ce n'est pas prendre. Ce n'est même pas offrir. C'est laisser la vie circuler à travers nous et aller jusqu'à l'autre.

Iris pose sa tasse sur la table basse, se lève tranquillement et s'éloigne. Je reste seul quelques instants. Je ne comprends pas ce qui m'arrive, mais je suis prêt à renaître à moi-même. Je regarde le bord de la tasse où Iris a posé ses lèvres. Sur le mur, un cadre représente une divinité tibétaine. Je n'avais pas repéré ce cadre, qui n'était pourtant qu'à quelques mètres. Je m'en approche. Je plonge mon regard dans le visage si doux de la divinité. Elle tient dans sa main droite un collier. De la gauche, elle tient un lotus dont la tige plonge ses racines dans la boue pour mieux porter sa fleur vers le soleil. Le visage paisible est peint à la feuille d'or. Sur le cadre, je lis un mantra gravé dans le bois tendre : *Om taré touttaré touré soha.* Formule mystérieuse. Je plonge mon regard dans celui de la divinité. En pleine méditation, elle semble prête à passer à l'action. J'apprendrais plus tard qu'il s'agit de Tara, considérée comme la principale figure féminine du bouddhisme, une divinité dont la vocation est de libérer les êtres de leurs peurs. Je détaille le visage de Tara, son regard, la douceur de ses lèvres, de son nez. Je regarde attentivement ses mains, ses attributs, sa coiffure. La peinture est vivante. Il s'établit entre nous une connexion. Pour renforcer notre lien je répète plusieurs fois en le murmurant le mantra : *Om taré touttaré touré soha.*

11

21, allée des Mimosas

Combien de fois ai-je emprunté cet itinéraire ? Depuis la grande place, tourner à droite à la boulangerie, continuer sur l'avenue jusqu'à la poste, à gauche au marchand de légumes, puis emprunter l'allée des Lilas, l'allée des Roses et enfin l'allée des Mimosas, dernière ruelle en impasse de cette zone pavillonnaire du Blanc-Mesnil. J'ai emprunté cet itinéraire à vélo, en rollers, mon cartable sur le dos, à cloche-pied, en courant, en voiture lorsque mon père me déposait à l'école… J'ai marché sur cette route en riant, en pleurant, en rêvant. J'ai foulé ce goudron tant de fois. Je connaissais le nom de tous les voisins tant je m'étais amusé à sonner aux portes étant enfant. Je savais derrière quel portail il y avait des chiens, quels volets étaient fermés l'après-midi. Je connaissais le nombre de pas pour aller de l'école à la maison, le nombre de réverbères, l'heure à laquelle ils s'allumaient… Mon enfance a été bercée par ce trajet. Où est stockée ma mémoire d'enfant ?

Jusqu'à quel point influence-t-elle mon comportement aujourd'hui ?

Ce matin, ça a été plus fort que moi, j'ai eu besoin de quitter le prieuré pour revoir ma mère. Ce rebirth d'hier m'a interpellé. J'ai besoin de connaître mon histoire. Besoin de voir la femme qu'elle est, besoin de me réconcilier avec la mère qu'elle a été. Je veux me libérer de ce chaînon manquant. Ma mère, cette inconnue. J'ai tant de choses à lui dire, à lui demander, à comprendre. Je ne sais pas par où commencer. Je suis presque arrivé à destination. J'éteins l'autoradio. Une demi-heure que j'écoutais ce CD de variétés italiennes sans même m'en rendre compte. J'imagine Léonie, qui m'a laissé sa voiture pour quelques jours encore, chanter à tue-tête dans les embouteillages. J'arrive chez maman. J'aimerais tant qu'elle me prenne dans les bras, qu'elle caresse ma joue avec l'affection qu'une mère attentionnée peut avoir pour son enfant. Pourtant, j'ai peur de notre intimité. Je gare la voiture. Je coupe le contact. L'ourson en plastique usé par le temps qui pend au porte-clés semble danser dans son innocence. J'ai l'impression qu'il me nargue. Comment va-t-elle réagir ? Je viens rarement lui rendre visite à l'improviste… Va-t-elle m'accueillir, cette mère que j'ai tour à tour détestée, adorée, évitée, cherchée ? Ma poitrine se serre, de ces contractions qui m'oppressent parfois avant de monter sur scène quand l'enjeu est trop fort.

Bien que le contact soit coupé, je tiens le volant, comme pour tenir le cap de ma vie. Est-elle seule ? Est-elle seulement chez elle ? Presque deux ans que je ne l'ai pas vue. Je sors de la voiture et claque la portière. Je suis agité. J'aimerais tellement lui dire ce que j'ai sur le cœur, j'aimerais qu'elle me prenne dans ses bras. Je m'approche du pavillon où j'ai grandi. Le portail est ouvert. Le soleil éclaire les jardinières de pensées, de cyclamens et de fougères. Elle a dû les planter il y a peu. Le terreau est encore frais dans les bacs de plastique. Je caresse cette terre tendre, comme pour créer un contact avec elle. Je retrouve, ému, la vieille balançoire accrochée aux branches du pommier. Recouverte de lichen. Il y a bien longtemps que personne n'a dû l'utiliser. Je reste un instant à la regarder. Combien d'heures ai-je passé à m'évader sous cet arbre ? J'y revois l'enfant que j'étais, qui rêvait d'un autre monde en se balançant sous le pommier en fleur, qui avait un idéal, à qui il suffisait de peu pour être joyeux. Je revois cet enfant qui cherchait à chaque élan à s'envoler plus haut, à prendre de la hauteur, à décoller dans son voyage immobile. Cet enfant qui se jetait dans le vide pour mieux trouver son équilibre. Il est encore vivant.

Je monte les marches jusqu'au petit perron et ouvre la porte. La télévision ronronne dans le salon, un bruit de fond pour lui tenir compagnie. Ma mère est là. Elle est seule. Elle me sourit. Je la trouve changée, vieillie. Surprise par ma visite, elle n'a pu faire aucun effort pour se mettre en valeur. Elle n'est pas coiffée, pas maquillée. Avait-elle tant de rides sur le front ? Des mèches de cheveux blancs éclairent son visage. J'ai l'impression qu'elle s'est voûtée. Alors que j'aimerais qu'elle me prenne dans ses bras, qu'elle coure vers moi, qu'elle caresse mes cheveux, elle me regarde d'un air absent et pose simplement son balai le long du mur, en veillant à ce qu'il ne tombe pas. J'ai l'impression de la déranger dans son ménage. Elle rajuste son chemisier.

– Bonjour mon grand, tu as mangé ?

– Oui… non… enfin, ce n'est pas important.

– Si tu étais venu il y a une heure, tu aurais revu Patricia. Tu te souviens de Patricia ? Elle habite toujours à côté, la maison du 17, tu sais… Elle se souvient bien de toi. Elle est venue prendre un café.

– Oui, je me souviens d'elle.

– Son oncle a la maladie d'Alzheimer, le pauvre, et en plus il a des palpitations cardiaques.

– Nous avons tous nos blessures au cœur, oui.

– Son fils, tu te souviens de son fils, Léonard ? Il me demandait de tes nouvelles pas plus tard que la semaine dernière. Il vient de changer de poste, il travaille dans une banque, désormais, le Crédit agricole je crois, ou le Crédit coopératif, enfin, le Crédit quelque chose…

– Sûrement, oui… Les banques, c'est souvent le Crédit quelque chose, maman.

À cet instant, j'aimerais tellement qu'elle me parle d'elle, ou qu'elle s'intéresse à moi. Elle meuble les silences par les ragots du voisinage. Si je ne l'interromps pas, nous allons faire le tour du quartier, puis de la météo et des faits divers. Parfois, la timidité ou la pudeur nous empêchent de parler. Parfois, elles nous empêchent de nous taire… Le silence est la porte d'accès à la vulnérabilité, à l'ouverture du cœur. J'en ai fait l'expérience au prieuré. Chez ma mère, je le vois, les paroles sont un rempart au territoire de l'intime.

– Tu as vu que la boulangerie a fermé ? Je suis obligée d'aller jusqu'à l'avenue maintenant pour chercher du pain, tu te rends compte ? Ça me rallonge ! Il y a de moins en moins de commerces.

J'écoute ma mère, et déjà je décroche. Je regarde les quelques photos au mur, un calendrier des postes. Je me demande quels rendez-vous elle peut y noter. Les meubles sont les mêmes qu'il y a vingt-cinq ans, et les magazines télé s'empilent toujours sur la nappe à fleurs de la grande table ronde.

– Tu te souviens que le pharmacien a fermé l'hiver dernier ? Il a divorcé.

– Je ne savais pas non.

– Et toi, comment vas-tu ? Ça va bien ?

Je n'ai le temps d'ouvrir la bouche que ma mère enchaîne sur une autre anecdote.

– Avant que tu n'arrives, je regardais ce reportage sur une petite fille qui a été abandonnée et qui maintenant est chef d'entreprise, directrice de la SOVACO. Tu te rends compte ? C'est un sacré parcours. Elle vient du Laos et elle ne parlait pas un mot de français en arrivant, à sept ans, à Paris. Tu as entendu parler de cette histoire ? Ah non, c'est vrai, tu ne regardes pas la télé ! C'est devenu une très belle femme… Comment s'appelle l'émission, déjà ?

– C'est la résilience, maman.

– Non, je ne crois pas que ce soit ça. C'est une émission de variétés où ils invitent chaque semaine des personnalités, *Destin magique* ou quelque chose comme ça.

– La résilience, ce n'est pas le nom de l'émission, maman. La résilience, c'est quand on guérit une blessure en en faisant une force, comme un bègue qui deviendrait professeur d'élocution. Plutôt que de baisser les bras, beaucoup d'enfants qui se sont sentis humiliés, abandonnés, développent un talent, un don. C'est la résilience !

– Je ne connaissais pas ce mot… Et ton travail, tu t'en sors ? Ça fait longtemps que je ne t'ai pas vu à la télévision. Pourtant, je surveille, tu vois, je te guette ! La télé est allumée toute la journée… Parfois, je me dis que j'ai plus de chances de te voir à la télévision qu'en chair et en os tant tu viens peu me rendre visite… Léonard voit plus souvent sa mère, j'ai l'impression. Enfin, je ne dis pas ça pour te culpabiliser, je suis sûre que tu dois être occupé.

– Inutile de me guetter sur ton poste, je joue au théâtre plus qu'à la télévision ! En ce moment, je joue moins, je suis plus en introspection, je travaille sur moi… Un genre de thérapie avec un peu de méditation.

– Je comprends… Justement, le pharmacien me disait que son fils aussi avait du mal à trouver du travail. Pourtant, lui, il est ingénieur et il a fait six ans d'études après le bac. Il cherche un poste dans l'aéronautique, il a eu plusieurs entretiens d'embauche, mais ça n'a pas abouti. Enfin, vous ne faites pas le même métier, non plus.

Je prends une grande respiration.

– Je ne viens pas te voir pour que tu me parles du fils du pharmacien que je ne connais pas, maman…

– Mais enfin, pourquoi me parles-tu si durement ! Ce que je te raconte, c'est ma vie, c'est mon quotidien ! De quoi veux-tu que je te parle d'autre ?

– J'ai surtout envie que tu me parles de toi, de moi, de papa. Je crois que je suis venu pour ça.

Il y a un silence, très court pour moi, sans doute une éternité pour elle. Maman évite mon regard, elle jette un œil vers la fenêtre, comme pour voir si on l'observe, elle semble s'échapper, puis se reprend. Elle s'adapte à la nouvelle orientation que prend la conversation. Elle n'est pas habituée à descendre dans son intime, et elle ne s'attendait pas à me voir ce matin. Elle prend le temps de choisir ses mots.

– Ton père... C'est vrai, tu ne l'as pas beaucoup connu, finalement. Il est parti si tôt.

En parlant, elle fait mine de ranger quelques magazines sur la table, pour se donner une contenance ou pour revenir à elle.

– Il nous a laissés avec notre malheur. Tu vois, je ne me suis jamais remariée. Je lui suis restée fidèle.

– Et de son vivant, tu lui étais fidèle ?

La question m'a échappé. Elle vient trop tôt, beaucoup trop tôt, je m'en rends compte en la posant. Ma mère s'affole comme un oiseau qui se cognerait aux murs.

– Mais enfin, pourquoi tu parles de ça ? C'est du passé ! Et en quoi ça te regarde ? Quel intérêt de remettre ces histoires sur la table ?

J'ai toujours craint ma mère. Elle ne sait pas écouter, elle n'a jamais appris à le faire et, à ses côtés, je me sens vite insignifiant. Pourtant, je tiens à cette conversation. Je la regarde dans les yeux, lui prends les mains.

– Maman, si je te pose la question, ce n'est pas pour te juger, c'est que je suis déboussolé dans ma vie. Je sens à quel point mon présent est influencé par mon passé. Je m'approche des quarante ans, et j'ai parfois l'impression d'en avoir dix-sept. Je suis perdu avec les femmes, j'ai peur d'avoir des enfants, je n'arrive pas à m'engager. Je me trouve nullissime. Ça me rend malheureux. Je ne me comprends pas moi-même. C'est comme si je reproduisais les comportements d'un autre. Une forme de fidélité à mon passé… Tu comprends ?

Nous marquons un silence. Ma mère m'a peu donné de marques d'affection. Là, elle ralentit son rythme, sa façon à elle d'être tendre. Elle tousse un peu, comme si revenir en arrière lui laissait un goût amer. Elle se regarde dans la glace et tapote ses cheveux. Elle prend sur la table une bouteille de jus de pomme. Elle s'en sert un verre et m'en propose un.

– Qu'est-ce que tu veux savoir, Thomas ?

J'accepte le verre comme elle semble accepter le pacte.

– Je veux savoir quelle sorte de couple vous formiez avec papa, au début de votre relation, avant que je ne naisse, pendant et après…

Elle boit une grande rasade.

– La vie ne nous a pas épargnés, ton père et moi. Nous nous sommes rencontrés, j'étais encore bien jeune. J'ai été impressionnée car il semblait sûr de lui, il était très entreprenant et n'avait peur de rien. Je le trouvais beau. Très vite, il a voulu que nous vivions ensemble. J'ai compris plus tard que, sous ses allures assurées, il était instable et fuyant. J'étais jeune, j'avais connu peu d'hommes. Il était très amoureux de moi. Il était fougueux. Cette idylle n'a pas duré un printemps. Assez vite, il ne m'a plus regardée, puis ne m'a plus touchée, une distance s'est créée. Je savais qu'il avait des maîtresses. Nous ne passions presque plus de moments ensemble. Alors, oui, bien plus tard, alors que tu avais cinq ou six ans, je me suis laissé séduire par un homme plus attentionné que lui, un Italien très élégant. Ton père était devenu tellement absent et dur avec moi… Sa fougue s'était transformée en arrogance. Je me sentais très seule. La nature a horreur du vide, alors j'ai eu une aventure avec mon Napolitain de passage, nous nous sommes vus pendant quelques mois… Tu le savais ? Comment le savais-tu ? Pourquoi tu me demandes ça ?

Je ne réponds rien. Ce n'est pas la question… Je respire profondément, pour l'inviter à descendre en elle et à continuer son récit…

– Nous étions conscients, ton père et moi, que notre amour s'asséchait. Nous sommes restés ensemble pour toi, tu sais. Si j'avais eu plus de courage, je serais partie, mais je ne savais pas du tout où aller.

Je ne connaissais pas mon histoire sous cet angle.

– Quel exemple vous me donniez du couple, de l'amour !

Je sens mon sang bouillir. J'aurais tellement voulu connaître mes parents amoureux.

– Pourquoi accueillir un enfant s'il n'y avait plus d'amour entre vous ? Vous auriez pu faire un effort ou vous abstenir ! Quel cadeau vous me faisiez là !

À cet instant, ma mère se pose. Elle semble rajeunir en me parlant. Depuis quelques minutes, je sens le fantôme de mon père revenir dans le salon. Il y a sur l'étagère près de la cheminée trois petits objets qui lui ont appartenu. Une pièce de monnaie qu'il avait dans sa poche le jour où il est mort, la pipe de son grand-père et une photographie où nous étions tous les trois, à ma naissance. Ces objets sont comme un autel à la fidélité. Notre conversation semble l'avoir ressuscitée.

– Thomas, j'ai fait ce que j'ai pu. J'ai fait de mon mieux. Les « il aurait fallu », « vous auriez dû », c'est bien beau, mais ça ne fait rien avancer. J'aurais bien voulu qu'on me dise quoi faire à l'époque ! Si tu savais comme je me suis sentie perdue. On n'avait pas tous ces conseils sur le couple que vous avez aujourd'hui, ces livres, ces magazines. De mon temps, une femme devait suivre son mari, un point c'est tout. J'ai juste fait ce que j'ai pu avec ce que j'étais.

– Mais quand tu es tombée enceinte, cet enfant, vous le vouliez ? Au début de ta grossesse, tu as pensé quoi ?

Je fais tout mon possible pour conserver le lien avec elle. Je suis au bord des larmes. Ses réponses m'aident à me construire. Je n'avais jamais parlé de ma naissance avec ma mère. La conversation est plus facile que je ne l'imaginais. Même si c'est inconfortable, nous parlons vrai.

– Tu me parles de ça, Thomas, je ne me souviens plus de tous ces détails. C'est du passé, enfin, ça fait plus de trente ans.

– Justement, maman, c'est du passé que je connais peu et qui pourtant me hante et prend plus de place que mon présent. Qu'as-tu ressenti quand tu es tombée enceinte ?

Ma mère se mord les lèvres. Elle choisit ses mots. Lorsqu'elle réussit à me regarder directement, c'est moi qui baisse les yeux.

– Tu sais, Thomas, une femme et un homme ne fonctionnent pas de la même façon sur ce sujet. Nous avons d'autres réflexes que vous. Quand j'ai appris que j'étais enceinte de toi, je connaissais ton père depuis peu. Avant de te concevoir, nous nous disputions beaucoup et, très vite, nous avons parlé de nous séparer. Nous nous sommes séparés, du reste. Nous avons passé deux mois sans nous voir. Puis, un jour, il est venu à la maison pour reprendre des affaires qu'il avait laissées – nous habitions chez moi, à l'époque. Au moment de nous dire adieu, nous nous sommes embrassés. Il était émouvant dans sa maladresse, sa petite valise à la main. Il m'a emmenée dans la chambre pour un dernier câlin. Je n'en avais pas envie, mais je n'ai pas osé lui dire non. Ce n'est pas qu'il était violent, mais il lui arrivait d'être agressif. Je le craignais un peu, j'ai peut-être cédé par peur, ou par lâcheté, qu'est-ce que ça change aujourd'hui ? Cela faisait des mois qu'il ne m'avait pas touchée. Il a fait ça vite, et il est parti. Alors, oui, quand j'ai appris que j'étais enceinte, j'ai hésité. J'ai eu peur, c'est vrai, mais je ne me voyais pas avorter. C'était mal vu, à l'époque. Qu'auraient dit les gens s'ils l'avaient su ? Tu sais, au tout début de notre rencontre avec ton père, j'étais tombée enceinte, déjà. À l'époque, j'étais pleine d'illusions. J'ai perdu l'enfant à la naissance, une petite fille. Ça a été un choc dont je ne me suis jamais remise.

Ma tante m'avait une fois parlé d'une histoire d'enfant mort-né, mais elle me l'avait confié comme un secret de famille. Je n'avais pas compris que cet enfant était ma sœur. Ma mère reprend :

– Donc, oui, quand j'ai su que j'étais enceinte j'ai voulu garder le bébé quoi qu'il arrive. Je m'étais dit que je croirais dans le bonheur à nouveau quand je verrai son visage sourire. J'étais sceptique, comme Thomas dans l'Évangile. J'ai attendu que ma grossesse soit visible pour prévenir ton père. Les hommes se défilent tellement vite de leurs responsabilités… Tu comprends, j'avais peur qu'il me force à avorter ou qu'il s'enfuie. Quand mon ventre a été rond comme la lune, il a demandé ma main. J'ai dit oui, pas par amour, mais pour que tu aies un toit. Je n'ai pas été heureuse, mais je n'ai jamais regretté ce oui.

Ma mère est émue. Elle ne s'attendait pas à réveiller le passé. Elle est elle-même comme une petite fille qui cherche sa contenance. Elle s'éloigne un peu de moi, par pudeur, pour mieux se retrouver. Elle boit, repose le verre sur la table ronde et se rapproche d'une photo de mon père. Elle prend quelques secondes pour regarder le poste de télévision, le temps de calmer sa respiration.

– Ce n'était pas une période très heureuse dans ma vie. Et je me suis montrée discrète pendant ma grossesse. J'ai tellement voulu que la naissance se passe sans histoires. Il a fallu provoquer l'accouchement, tu n'avais pas envie de sortir ! Tu es né au forceps, car tu étais mal positionné. Je ne vais pas te raconter que c'est un bon souvenir, ce n'en est pas un. J'ai eu très mal. Voilà ce que je peux te dire, Thomas. Ça te va comme ça ? Non, nous n'avions pas pour projet d'avoir des enfants. Nous n'étions pas disponibles pour une vie de famille. Non, nous n'étions pas un couple solide pour accueillir un enfant. Nous nous disputions souvent. Moi-même, je me sentais instable. Quand ton papa est mort, tu avais neuf ans. T'élever seule était au-dessus de mes forces. Heureusement, ma sœur m'a aidée. Tu allais souvent chez elle. Elle s'occupait de toi au mieux. Elle n'a jamais eu d'enfant, alors elle te choyait. Et puis, je voulais t'épargner de le voir malade, de le voir se dégrader. Tu as dû te sentir seul et en souffrir. Je n'en étais pas consciente. Je le voyais dépérir en même temps que je te voyais gagner en vitalité. J'avais l'impression que tu lui prenais son énergie, ou qu'il te la donnait. Vous avez les mêmes yeux… Tu te souviens de son regard ? Quand tu as eu dix ans, ça m'a arrangé que tu ailles en pension. Ton papa était parti, et moi j'ai fait une dépression. Je n'arrivais pas à refaire surface, à reprendre goût à la vie. Je me disais que tu serais mieux n'importe où qu'avec moi. Non, je ne t'ai sûrement pas offert l'enfance rêvée. Non, je n'ai pas été très heureuse en tant que mère, ni même en tant que femme. Mais non, je n'ai jamais regretté ma décision… Pour le reste, Thomas, je n'ai peut-être pas été une bonne mère, mais j'ai fait comme j'ai pu…

En terminant cette phrase, elle regarde par la fenêtre, et son regard profond semble se perdre dans les nuages. Elle est revenue à son silence, et je m'en veux presque de l'avoir sortie de sa routine solitaire.

Tout est dit. Je l'ai brusquée dans son intimité. Elle se remet en mouvement, attrape une éponge pour nettoyer la toile cirée de la table de cuisine, qui pourtant me semble propre. J'ai envie de la prendre dans mes bras, de pardonner ou de me pardonner et de passer à autre chose. Je ne m'autorise pas ce mouvement. J'ai besoin de digérer. Je fais le tour de la maison, regarde ici et là les photos, objets entre passé et présent. Je m'isole. Quelques larmes coulent le long de mes joues. Je vais marcher dans le jardin… Je creuse un petit trou dans la terre. Je joue avec les cailloux comme j'aimais le faire étant enfant. Je pose un petit caillou blanc dans le trou et le recouvre de terre. Je lui demande de prendre soin de moi. Je demande à la terre de m'éveiller à ma tendresse, de me permettre de me rapprocher de ma vulnérabilité, pour être meilleur, plus aimant. Il est dix-sept heures dix-sept… Je remonte à la maison. Je croise ma mère dans l'escalier. Nous sommes toujours distants, mais nous savons désormais que cette distance n'est qu'une façade. Sans rien dire, je remonte dans ma chambre d'enfant. Elle est devenue un débarras. Le lit, toujours à sa place, est recouvert de cartons. À côté, une table à repasser qui croule sous les draps, une télévision en panne et divers meubles qui n'ont pas trouvé grâce ailleurs. Ma mère n'a jamais rafraîchi cette chambre. C'est le même papier peint. Les jouets ont disparu, à l'exception de trois peluches, qui ne me disent rien. Et si notre mémoire n'était qu'émotionnelle ?

Si nous nous souvenions de nos réactions plus que des événements ? Je pousse un carton et m'assieds quelques minutes sur mon lit d'enfant. Est-ce que je suis encore un enfant ? Est-ce que je suis un homme ? Mon amie Amitah me racontait qu'il existe dans son village, au Bénin, un vieux rite de passage à l'âge adulte que les jeunes garçons vivent à l'adolescence. Les enfants partent seuls et nus en forêt pendant deux jours entiers. Ils ne doivent rentrer à la maison sous aucun prétexte. Ils pleurent, ils hurlent, ils crient. Les enfants se débrouillent pour se cacher, se nourrir. Quand ils rentrent à la maison, au bout de deux jours, ils sont devenus des hommes. Cette pratique est peut-être archaïque, sauvage, mais elle a le mérite d'être radicale. Amitah me dit souvent : « Un homme est un homme, un enfant est un enfant. Vous autres, vous voulez être des hommes quand vous n'êtes que des enfants et, une fois adultes, vous vous comportez comme des gosses avec les femmes. Vous avez besoin qu'elles soient des mères pour vous, vous manquez de maturité. » Je repense à cette conversation. Suis-je devenu un homme ? Qu'est-ce qu'être un homme aujourd'hui ?

Je prends machinalement une des peluches avec lesquelles, sûrement, j'ai dû dormir étant enfant. Je l'embrasse. Je la serre contre mon cœur. Je redescends l'escalier et retourne dans le salon. Je regarde maman dans les yeux.

– Maman, avant de partir, j'aimerais que tu m'offres quelque chose qui t'appartienne.

Sans réfléchir, elle passe ses mains autour de son cou et en détache une petite chaîne en or qui porte une alliance. Elle me regarde, les yeux embués de larmes, et la passe autour de mon cou. Je me sens tellement ému.

– Pardon, maman, si je t'ai bousculée. Merci de m'avoir répondu, c'était important pour moi.

– C'est l'alliance de ton père. Je n'ai pas voulu qu'il soit enterré avec. Je voulais la conserver pour mieux le sentir. Elle sera mieux sur toi, désormais. Il aurait été d'accord. Il a été brutal, il a été absent, il a été maladroit, mais il a été ton père.

12

Le goût doux-amer de la solitude

Je ne sais pas où aller. Je ne suis pas prêt à retourner au prieuré. Je n'ai pas envie de rester davantage au Blanc-Mesnil. Je suis coincé entre un passé dont je n'arrive pas à m'émanciper et un futur vers lequel je n'ose encore m'aventurer. Figé comme un serpent dans un bambou. Ne pouvant reculer, le serpent est condamné à sortir par le haut du bambou, vers la lumière, et pour cela il doit mobiliser toutes ses forces. J'en suis là. Cet inconfort a le goût doux-amer de la solitude. C'est à moi de prendre le risque d'assumer pleinement ce que je suis et ce que je veux faire de ma vie. Je rassemble les pièces d'un puzzle qui devient de plus en plus cohérent.

Il y a quelques années, j'avais accepté de repeindre le salon de la maison de campagne de Sandra. J'avais sorti le matériel, persuadé de pouvoir tenir ma promesse en une après-midi. J'imaginais ne passer qu'une couche de peinture pour faire neuf, mais la vieille tapisserie s'accrochait au rouleau et se décollait à mesure que j'appliquais la peinture. J'avais alors décidé d'enlever tout le vieux papier, mais celui-ci cédait en embarquant des plaques d'enduit. J'avais alors gratté le plâtre. Ce que j'avais prévu de réaliser en une après-midi m'avait mobilisé pendant quinze jours entiers. J'avais gratté certaines zones du vieux mur jusqu'aux briques. Gratter jusqu'à trouver une base solide, et reconstruire, sans quoi la peinture n'accroche pas. J'ai mis beaucoup de vernis sur ma vie jusqu'à présent, pour faire illusion. Désormais, je gratte les vieilles couches tant que ça s'enlève. Je visite mon passé jusqu'à en retrouver la lumière. Je devrais bientôt arriver aux fondations.

J'ai laissé ma mère dans ses souvenirs. Elle m'a ému. Elle est présente dans mon cœur. Autour de mon cou, je sens l'alliance de mon père. Je ne sais pas si je conserverai longtemps ce bijou à l'heure où j'apprends à me libérer de mes chaînes, mais aujourd'hui il me fait du bien. Je passe mon annulaire dans la bague en or. Le sien avait la même taille que le mien puisque j'y glisse mon doigt jusqu'à la troisième phalange sans effort. C'est confortable de passer une alliance. Ça relie. À quoi pensait papa lorsque maman lui a passé la bague au doigt à la mairie du Blanc-Mesnil ? Il ne savait pas que, dix ans plus tard, la bague pendrait comme un médaillon autour du cou de sa femme. A-t-il imaginé que je porterais moi aussi ce bijou ? Une alliance pour se souvenir que nous sommes alliés. « Ainsi, papa, maman avait peur que tu te déballonnes ! Avait-elle si peu confiance en toi ? Quel homme étais-tu donc ? » Maman m'a laissé deux photos de mon père. Je n'en avais aucune. J'y superpose mes souvenirs d'enfant. Je regarde cet homme, je le vois différemment, je le juge moins. Je le comprends mieux. Je le trouve beau. Il a eu peur, il n'a pas su aimer. Comment lui en vouloir désormais ?

Je me demande où il est en ce moment. Son âme flotte-t-elle quelque part entre l'éternité et l'au-delà ? Où ? N'est-il plus, tout simplement, ce que je ne peux imaginer ? Tout en roulant, je suis dans mes pensées depuis une demi-heure. Je prends plaisir à conduire. Presque machinalement, j'ai laissé la voiture filer jusqu'au canal Saint-Martin. Je suis à quelques minutes de l'appartement. Une idée soudaine, aussi brutale qu'imprévisible, me saisit. Je me sens attiré chez nous. Je ne sais pas si Céline est là. Je m'approche de notre appartement. Je cherche à me garer. Le stationnement est un vrai problème, dans le quartier. Je trouve pourtant une place juste en bas. Regarder dans le rétroviseur, explorer son passé, retourner en arrière. Je longe le canal. Pénètre dans l'immeuble. J'appelle l'ascenseur d'un geste machinal avant de découvrir un petit mot de la gardienne qui signale, d'une écriture mal assurée, qu'il est en panne. Je suis obligé de monter à pied.

Je prends mon souffle. Ce ne sont pas tant les six étages que je redoute que ma réaction face à Céline. J'ai tellement peur ! Je ne sais plus par quel bout vivre ma vie ! J'ai envie de la revoir, et en même temps j'espère qu'elle ne sera pas là. Elle me manque, et en même temps je vis bien sans elle. Je me sens apaisé, et en colère. La situation s'éclaire, mais quelle confusion encore ! Il est temps de parler, et je ne suis pas prêt. Que de paradoxes ! Pour autant, je suis plus serein avec mon ambivalence. J'apprends à m'aimer davantage, et donc à me détendre, à accepter ce qui est. J'ai confiance en la vie. La serrure tourne de deux crans. La porte a été fermée à clé. Céline est absente.

Je fais le tour de l'appartement. Le lit est fait. J'ouvre le réfrigérateur ; il est presque vide. La vaisselle est rangée. Je ne sens pas la présence de Céline. Ses vêtements sont dans la penderie. Le chauffage est coupé. J'ai l'impression qu'elle n'était pas là ces jours-ci. J'ai relevé quelques lettres dans la boîte. Je les regarde machinalement : facture d'électricité, de gaz, relevé bancaire… J'ouvre l'enveloppe de la banque le plus lentement possible. Mon solde est encore à découvert. Je fais mes comptes mentalement. J'attends un virement. C'est encore serré, mais ça passe. Je n'en peux plus de jongler de cette façon, j'ai envie de plus de confort. Un artiste peut-il bien gagner sa vie ? Il serait plus raisonnable de chercher un travail qui paie, et tant pis pour mes rêves d'acteur. Cette idée ne tient pas longtemps. La question n'est pas là. Quand j'aurai pacifié mon histoire, quand j'aurai retrouvé ma valeur, j'attirerai à moi les contrats que je mérite. Je consacre trop d'énergie à séduire, à plaire, plutôt qu'à être. C'est si difficile d'être un homme aujourd'hui ! Carmen, Iris, Céline, Sandra… je trouve ces femmes courageuses, inspirées, honnêtes. J'ai l'impression que les femmes savent plus facilement qui elles sont. Les hommes existent quand ils possèdent, quand ils réussissent, quand ils fabriquent. Pour les femmes, il suffit d'être. J'ai perdu ma lumière, ça me rend si triste. Pourtant, je me doute que je suis un mec bien, derrière mes blessures. Je veux maintenir mon courage. Je paierai le prix. Je veux retrouver mon authenticité, ma spontanéité, ma lumière. Alors les contrats suivront. Aujourd'hui, je fais un métier que j'ai choisi, mais je le fais sans cœur et sans élan. Carmen est magnétique parce qu'elle semble pleinement épanouie. Tous les êtres qui réussissent autour de moi trouvent du plaisir à ce qu'ils font. Je crois que chacun affiche le prix qu'il estime valoir ! À mes yeux, quelle est ma valeur ?

J'ouvre les placards. J'ai envie de ranger, de faire du tri. Besoin de vide. Je vais chercher dans la penderie une valise et de grands sacs-poubelles que je remplis rapidement de vêtements. Tous ceux que je n'ai pas portés ces douze derniers mois, je ne les porterai plus. Si je veux faire de la place à l'homme neuf, je dois brûler l'ancien ! Poubelle, ces vieux pantalons que je n'ai pas mis depuis des années. Au panier, ce vieux costume que je conserve au cas où ! Au clou, ces pulls chauds qui me donnent la silhouette d'un cosmonaute. À la benne, ces vieux joggings que je garde « pour si un jour »... J'entasse les vêtements dans la valise. Chacun est associé à un souvenir, à une anecdote, à un lieu. Je trouve une pile de courriers, de vieilles lettres reçues au fil des années. Je regarde les enveloppes et reconnais l'écriture de Sandra, de Pascale, de Léonie et de cette femme blonde qui signe d'un S... Comment s'appelle-t-elle déjà ? Je me sens ému, comme si je repartais des années en arrière. J'embrasse ces lettres comme j'embrasse mon passé. J'épouse mon passé et je déchire sans les relire ces missives les unes après les autres. Cela me soulage. Je vais chercher un nouveau sac. Je le remplis de vieilles bandes dessinées et des livres que je n'ai jamais terminés depuis dix ans. Je les offrirai à la bibliothèque des Récollets. Tout ça me ramène à un Thomas qui n'est plus moi. Je le décide ! Jeter me fait du bien. Je me dédouane de vieux conditionnements qui me collent à la peau. Une valise ne suffira pas, j'en ouvre une seconde, plus un sac à dos. Destination le Secours populaire ! Si en plus je peux faire plaisir en me libérant… J'ajoute dans le sac de vieux cadres photos, des marionnettes ramenées d'un voyage en Indonésie, des masques qui m'encombrent. J'observe tous ces objets, associés à des époques, à des styles. Je suis surpris de jeter aussi facilement. C'est un coup à prendre. À chaque objet dont je me débarrasse, je me demande : « L'achèterais-je aujourd'hui ? » Je visite toutes les pièces. Un nouveau sac pour jeter les dizaines de petits savons récupérés dans les hôtels qui n'auraient jamais servi et que je gardais au cas où, pour des invités. Je passe à la cuisine. Un sac encore pour des épices qui ont perdu toute saveur… Quatre heures ont passé depuis que je suis monté quai de Valmy. J'ai rempli douze sacs que j'ai déjà chargés dans le coffre de la voiture. J'emporte quatre sacs destinés aux poubelles et une valise d'objets à donner. Sans m'en rendre compte, sans presque l'avoir décidé, je suis en train de quitter l'appartement du canal Saint-Martin. Je tourne une page. Ou plutôt elle se tourne, et je l'accompagne.

Une citation de Lao Tseu me revient en mémoire : « Celui qui sait faire en lui-même un vide où l'autre peut librement pénétrer peut devenir le maître de toute situation. » Cette citation servait de pilier à maître Nojen, metteur en scène japonais que j'avais suivi en stage. L'acteur doit être capable de faire ce vide sur la scène de théâtre pour accueillir le personnage, ses partenaires et l'œuvre tout entière. Je fais le vide pour accueillir la vie.

13

Confidence

Le soleil peine à réchauffer la brume matinale sur le parc de Monteau. Quelques rayons éclairent les feuilles jaunes, rouges, mordorées des chênes, des hêtres et des érables qui forment au sol un tapis coloré. Carmen nous propose un échauffement inspiré du tai-chi, des mouvements lents et profonds pour améliorer souplesse, tonus et endurance.

J'ai envie de poursuivre mes efforts, de me dépasser, pour me rencontrer. Je renforce petit à petit les liens entre mon corps, mon souffle et mon esprit. Je m'incarne davantage. Je ressens un peu mieux chaque jour le bénéfice de ma discipline lorsque je marche, lorsque je prends la parole, lorsque je mange. En montant l'escalier, je sens la chaleur de la rampe sous la paume de ma main. Je ferme les yeux et reconnais les aspérités du bois sous mes doigts. En marchant dans le parc, je me concentre sur le crissement des graviers. Je fais beaucoup d'efforts pour entretenir ces sensations quotidiennes. Cette vigilance à être dans l'instant présent pourrait sembler superficielle, mais c'est une façon de me réapproprier mon corps, d'être moins cérébral, d'être un bon compagnon pour moi-même. De plus, j'ai remarqué qu'en étant ainsi attentif mes douleurs s'atténuent.

À la fin de la séance, je m'assieds au pied d'un arbre. Je me sens mélancolique, je repense à Céline. Alors que le groupe se disperse, Carmen vient s'asseoir à mes côtés. Elle tient dans sa main une pâquerette, qu'elle m'offre en souriant comme une petite fille le ferait à son amoureux.

– Tu sais encore recevoir Thomas ?

– Je ne suis pas sûr de savoir encore recevoir !

– Peut-être n'es-tu pas conscient de tout ce que tu reçois dans ta vie, ni de ce que tu offres !

– Pour l'instant, non, je n'offre rien ! Mon cœur est dur. Je regarde les hommes et les femmes ici, tout le monde me semble beau. Je me trouve lâche, Carmen. Je n'ai donné aucune nouvelle à Céline, et je suis toujours aussi incapable de lui parler. J'ai tellement peur !

– Et ta peur, Thomas, tu l'aimes ?

– Quel intérêt d'aimer sa peur !

– Ta peur t'apprend à être sur tes gardes. Si tu traversais la route sans peur, tu ne vivrais pas longtemps. Quand tu as peur, tu deviens plus attentif. Tu pourrais lui rendre hommage, à ta peur !

– Et ma lâcheté, je devrais l'aimer aussi ?

Je me sens cynique en posant cette question, c'est pour moi un mode de défense. Carmen me prend les mains au moment où elle découvre que je viens de dépiauter sans m'en rendre compte la petite fleur délicate qu'elle m'a offerte.

– Sois doux avec toi, Thomas, arrête de te juger.

– Tu as toujours été douce avec toi ?

Parfois, j'imagine que certains êtres ont toujours été en paix quand d'autres ne le seront jamais.

– Quand j'ai commencé à être reconnue comme maître spirituel, je me suis prise très au sérieux. J'avais une discipline quasi militaire. Méditation tous les jours au lever du soleil, exercice physique, hygiène alimentaire irréprochable, plus de télévision… Je ne me donnais pas droit à la lascivité. Mes élèves m'admiraient. Ça renforçait mon orgueil. En cherchant à devenir plus droite dans ma vie, je devenais rigide avec chacun. Tellement consciente de tout. Ma clairvoyance s'affirmait. La médiumnité est un cadeau, mais elle peut aussi être un fardeau. Ce fut le cas pour moi, car je n'avais aucune tolérance envers la faiblesse. La vie me semblait si précieuse que je condamnais ceux qui ne lui rendaient pas hommage. Je condamnais ceux qui perdaient leur temps à des activités inutiles. Je haïssais les conversations superficielles. Je devenais de plus en plus intolérante. Alors que j'aspirais à la sagesse, je devenais misanthrope. Personne n'avait grâce à mes yeux. Ni les faibles ni les lâches. J'étais dure avec chacun, car intransigeante avec moi. Il m'en a fallu, des efforts, pour apprendre à m'aimer. Sais-tu ce que j'ai appris à apprécier chez moi en premier ?

– Ta beauté ?

– Non, Thomas, ma rigidité ! J'ai cessé de vouloir être une autre. J'ai appris à aimer ma rigidité, ma dureté, mon insensibilité. C'est par cette voie que ma beauté s'est affirmée. Progressivement, en acceptant mes paradoxes, je me suis détendue. En accueillant mon ombre, ma lumière a pu se révéler. C'est alors que j'ai pu voir les autres différemment, sans les juger. J'ai pu voir que ce qui me gênait chez eux n'était que des facettes de moi-même.

Je suis surpris que Carmen me livre ces détails. Je ne l'aurais pas imaginé.

– Et quel a été le déclic pour t'aimer ?

– Probablement l'*ayahuasca.* J'avais pratiqué le jeûne intensif, l'ascèse, l'abstinence, je voulais marcher sur les pas du Bouddha. Et puis, la voie des Incas a croisé ma route. J'ai eu besoin de retrouver mes racines. Je suis sud-américaine. Le chamanisme, j'ai ça dans le sang. Même si j'ai peu connu mes ancêtres, je suis d'une lignée d'hommes et de femmes qui étaient très proches de la terre, des plantes, des animaux. Nous vivions dans une petite maison à la campagne, j'aidais ma mère à s'occuper des bêtes, à faire le jardin. J'ai quitté le Mexique où je vivais avec mes parents à dix-neuf ans. Ça a été douloureux. Je me suis sentie très seule. Là-bas, j'étais très proche de ma grand-mère. Je l'accompagnais tôt le matin pour aller chercher des plantes médicinales. Je l'ai toujours vue demander l'autorisation à la terre-mère avant de cueillir la moindre baie. Elle soignait les gens du village et prédisait leur avenir en regardant leur langue. Elle disait que l'avenir était écrit dans notre bouche, car elle abrite notre parole. Ça m'impressionnait beaucoup, tous ces inconnus qui venaient à la maison lui tirer la langue à longueur de journée. Elle faisait brûler toutes sortes de plantes, elle pratiquait des massages, elle chuchotait des incantations. Elle offrait ses dons. On lui donnait des poulets, des légumes en échange. Plusieurs fois, j'ai vu des parents inquiets accompagner un enfant brûlé ou blessé. Ils repartaient toujours apaisés. Les soirs de pleine lune, elle recevait les esprits habités, ceux que vous appelez les fous. Elle chantait et dansait pour eux. Elle nous expliquait que certains mauvais esprits prenaient demeure dans des corps fragiles ou malades. Elle les aidait à partir. Pour les voisins, c'était une chamane ; pour moi, c'était avant tout ma grand-mère. C'est elle qui tressait mes nattes et me racontait des légendes de mon pays quand j'étais perdue. Quand j'ai quitté le Mexique, elle était très triste, car elle aurait souhaité pouvoir me transmettre ses secrets. Elle m'a beaucoup donné, jusqu'à ce que je quitte le pays pour aller à Paris. Je voulais apprendre le français et devenir actrice ! J'avais des rêves plein la tête ! J'ai rapidement joué de tout petits rôles au théâtre ; j'avais un physique qui plaisait beaucoup. Dans ma carrière d'actrice, je suis surtout restée en Europe. Avant de partir en Inde pour le début de mon initiation spirituelle, j'ai eu besoin de retrouver mes racines. Je suis retournée au Mexique, puis je suis allée au Brésil et au Pérou, où j'ai rencontré un chaman. J'avais besoin d'une expérience forte. J'ai passé trois mois avec Ramon. Il était tout pour moi. Mon chaman, mon maître, et mon amant ! Il m'a initiée à *l'ayahuasca,* une liane qui pousse dans la jungle, qui provoque des visions quand on la consomme en infusion. Pendant une semaine, j'ai vomi. J'ai perdu huit kilos, au Pérou. Seule dans une petite cahute en paille, je méditais et je jeûnais. Si tu savais comme j'ai eu peur souvent, seule au milieu de la jungle, surtout la nuit. J'entendais les animaux. Toutes les nuits, j'avais la frousse d'être mordue par un serpent ou piquée par une mygale. J'ai appris à dominer ma peur de l'inconnu, de la nuit, de l'autre. Puis, au bout d'une dizaine de jours dans la jungle, j'ai commencé à avoir des visions. Des flashs isolés, d'abord, puis comme des extraits de films. Il m'a été donné de voir plusieurs de mes incarnations passées. J'ai pu découvrir tout le chemin que mon âme avait parcouru pour rencontrer ce corps que j'ai aujourd'hui. Si tu savais combien de temps l'âme doit errer avant de trouver un corps à sa mesure ! J'ai pu voyager dans mes cellules. J'ai vu en temps réel l'impact de nos pensées sur nos cellules. Au cours d'une transe, j'ai vu les brins d'ADN danser et changer de forme en fonction de mes états internes. Je raconte ça à peu de personnes, tu sais. Les gens doutent tellement des pouvoirs de l'esprit… L'*ayahuasca* me donnait des visions dix fois plus précises que le meilleur des scanners. J'ai vu comment se forment les pensées dans l'esprit. Je t'assure que, depuis, je me laisse tranquille. J'ai pu voir comment notre pensée est créatrice, et comment chaque pensée d'amour que nous développons s'intègre dans le corps. Ça m'a calmée ! Ça m'a encouragée à beaucoup de bienveillance envers moi.

Carmen pose ses mains sur mes jambes.

– Sois doux avec toi-même, Thomas.

Lentement, elle masse mes cuisses, mes mollets, mes rotules.

– Tu as toujours mal ici ?

Carmen appuie à un endroit très précis de la rotule qui me fait horriblement mal.

– Je te regardais pendant l'échauffement. Tu réalises tes mouvements comme si tu voulais les faire vite plutôt que d'être dans la joie. Et si tu prenais le temps de les réaliser simplement parce que c'est la nature du corps que d'être en mouvement ?

Carmen pose ses mains sur mes genoux et s'y arrête plus longtemps. Je souffre de douleurs chroniques que la position en tailleur accentue. Tout en me massant, elle postillonne sur mon genou dans un rituel chamanique. Elle murmure quelques prières, puis me suggère :

– Et si tes douleurs aux genoux étaient liées à ta perception du couple ? Tu éprouves de la difficulté à plier, à mettre un genou à terre. Es-tu rigide au point d'imposer le « je » dans le « nous », au risque de fragiliser tes genoux ?

Par son massage, Carmen m'aide à établir le lien entre mon corps et mes émotions.

– Ta douleur n'est pas une punition, ni même une malédiction, c'est une invitation à écouter ce que te dit ton corps. Tes douleurs aux genoux sont des signaux d'alerte. Prends soin de tes blessures, écoute ce que te disent tes genoux, ton estomac. Le défi de la guérison consiste à accueillir ta partie blessée. C'est une occasion de retrouver l'harmonie dans ta vie.

Tout en parlant, Carmen appuie ses paumes sur les muscles de mes jambes. Sa chaleur me fait du bien, son assurance me rassure. Le fait qu'elle ait appris le yoga avec des swamis, qui le pratiquent de façon assidue à quatre-vingt-dix ans et demeurent en excellente santé, donne à ses enseignements assez de crédibilité pour que je l'écoute et la suive.

Les mains de Carmen se promènent sur mes jambes avec tant de douceur et de présence qu'elle m'oblige à plonger en moi. Puis elle ralentit son mouvement et éloigne ses mains. Je sens une absence, que j'adoucis par une pensée d'amour. Carmen se redresse. Au-delà de nos différences, nous partageons un espace qui nous rassemble car il nous ressemble. Un espace de silence et d'amour, un espace de guérison.

14

La célébration de l’annulaire

Sur une scène de théâtre, je sais incarner l’élégance, la dignité ou la beauté de mes rôles. Je sais transformer ma voix, ma respiration, pour vivre l’émotion du personnage que j’interprète. Je suis crédible quand je joue le guerrier Achille. Tout le monde croit en ma vaillance. Pourquoi suis-je donc incapable de jouer le courage de Thomas ? C’est pourtant le même processus. Est-ce que je pourrais créer ma personnalité comme je crée mes personnages au théâtre ? J’ai posé la question hier soir à Carmen. Elle a eu cette réponse simple. « Tu es crédible dans tes rôles car tu épouses chacun de tes personnages. Aime Thomas comme s’il s’agissait d’un rôle ! Tu avais épousé Cœlio et ses ambivalences. Épouse Thomas et ses paradoxes ! » Spontanément, j’avais lancé à Carmen : « Épouser Thomas ? Si c’est d’un mariage dont il s’agit, alors marie-moi ! » Carmen est joueuse de nature. Elle vient du théâtre… Elle a donc saisi ma proposition au vol et m’a suggéré de mettre en scène un acte psychomagique. Le reste s'est fait spontanément.

Nous nous sommes retrouvés à l'aube dans nos plus beaux habits. Je porte un pantalon blanc et une chemise grège. J'ai remarqué au théâtre que le fait de changer de costume change la personnalité. En portant les habits d'un prince, je me sens plus élégant. Je vieillis quand je porte un postiche. Je me souviens d'un rôle pour lequel je m'appuyais sur une béquille. J'avais senti pendant des semaines de nouvelles douleurs dans mes hanches. Les costumes influencent notre personnalité, sur la scène comme dans la vie. Aujourd'hui, j'ai choisi l'élégance. Mon visage a changé, il s'est détendu. Je me trouve plus beau. Avec la posture d'une grande prêtresse, Carmen ouvre la marche à travers le parc. Elle est vêtue d'une robe blanche couverte d'une cape en peau. Elle porte ses nombreux colliers, attributs chamaniques. Elle se prépare à célébrer une étonnante union : celle de Thomas avec lui-même. Nous empruntons un petit chemin qui nous mène à l'endroit le plus élevé de la propriété. La vue est dégagée. Le cœur de la vallée, le clocher de l'église et la petite départementale se distinguent dans la brume. Carmen s'arrête au pied d'un rocher qui surplombe le site. Il s'agit d'un mégalithe qui rappelle les pierres levées de Carnac.

– Je t'invite au pied du rocher. C'est du haut de la roche aux Moines que tu prononceras les trois lettres du mot qui ouvre la porte à tous les possibles, le mot « oui ».

Carmen veille à préciser tous les détails du rituel, qu'elle met en scène comme un spectacle. En même temps qu'elle me décrit le protocole, elle pose devant moi un bouquet de fleurs pour symboliser la terre, une torche pour le feu, une carafe en cristal pour l'eau et un bâton d'encens pour l'air. Elle se met alors à danser. Je veux danser avec elle, mais elle est tellement gracieuse et spectaculaire que je préfère la regarder. Elle tourne sur elle-même, fait voler ses longs cheveux noirs, puis effectue de grandes arabesques. Sa danse ressemble à un rituel magique. Elle frappe le sol de ses talons, puis devient aérienne et fait de grands mouvements avec les bras, comme si elle volait. On dirait qu'elle danse avec des êtres invisibles. Ses yeux sont fermés. Elle est comme aspirée par son élan. Ensuite, elle sort son tambour et appelle les gardiens du lieu. Elle rend hommage au soleil, à la terre. Elle parle aux rochers ou aux astres comme on parle aux hommes. Elle cesse de jouer du tambour, ouvre les yeux, reprend son souffle et s'approche du rocher. Elle colle son ventre sur la roche aux Moines, épousant la moindre aspérité de la pierre. Elle semble aspirer par son ventre l'énergie de l'être minéral. J'ai vraiment l'impression qu'elle puise une énergie magique. Elle se tourne alors vers moi.

– La cérémonie est ouverte ! Je t'invite, Thomas, à te diriger jusqu'à moi pour mieux arriver jusqu'à toi.

Carmen est rayonnante. Je suis ému. Bien qu'il s'agisse d'un jeu, bien que ce mariage n'ait que la valeur qu'on lui accorde, je vis une journée forte et symbolique. Je suis intimidé d'incarner ce rôle. J'ai plus le trac qu'au théâtre. Aujourd'hui, je me marie avec moi-même. Je marche lentement pour apprécier chaque seconde de ce rituel matinal. J'ai beaucoup de mal à regarder Carmen dans les yeux. Je redécouvre ma pudeur d'enfant. Je me force à marcher droit.

– Te voilà, Thomas, toi que ton âme attend depuis longtemps.

À peine les premiers mots prononcés, je me dirige lentement vers le rocher. Je ne cesse de regarder à droite et à gauche, car je sens des présences ici et là. C'est comme si le rocher, le vent, le soleil étaient vivants et répondaient aux injonctions de Carmen. Chaque branche qui bruisse semble réagir aux injonctions de ma chamane. Je suis surpris de voir les grandes branches des peupliers se mouvoir alors qu'il n'y a presque pas de vent.

– Aujourd'hui, Thomas se marie, et je remercie les quatre points cardinaux, l'est, le sud, l'ouest et le nord, d'orienter son âme. Je remercie le feu, la terre, l'eau, l'air et l'espace de l'aider à trouver son équilibre intérieur.

Je m'approche lentement de Carmen en ouvrant mes bras. Je compte mes pas.

– Te voilà, Thomas, dont le cœur s'ouvre pour épouser le monde, ton talent et ta grandeur. Il est fini le temps où tu fuyais ta destinée ! Si tu es prêt à épouser toutes les facettes de toi-même, si tu es prêt à quitter ton monde pour vivre dans le monde, alors tu n'as que trois lettres à prononcer, les trois lettres qui forment le mot « oui ».

Je porte autour de mon cou l'alliance de mon père enfilé sur sa chaîne en or. J'ai remarqué ce matin de petits boutons rouges sur ma gorge. Comme une allergie. Mon corps réagit. Si le petit enfant en moi est fier de porter ce bijou, la chaîne m'oppresse. Avant de m'épouser, j'ai besoin de m'affranchir de ce lien. Je me rapproche d'un grand chêne. Stable et majestueux, il semble prêt à m'accueillir.

– Je te rends hommage, grand chêne ! Puisque je m'épouse aujourd'hui, je souhaite être totalement libre de le faire.

Tout en parlant, je dégrafe la chaîne en or qui porte l'alliance. Je la tiens dans ma main gauche alors que je creuse au pied de l'arbre un trou assez grand pour l'enterrer.

– Aujourd'hui, moi, Thomas, en présence des esprits du prieuré et de ma sœur de cœur, Carmen, en toute conscience je me libère des chaînes qui me relient à un passé dont je m'affranchis. Je me libère de ce qui m'a conditionné. J'offre à la terre ces objets. Puisse-t-elle prendre soin de nous. Qu'il en soit ainsi !

Carmen m'accompagne au tambour. Je suis à ma place. Je grimpe en haut du rocher, puis Carmen lance des poignées de pétales de rose qu'elle pioche dans un bol en verre. Elle tourne autour de moi. Cela fait plusieurs jours que j'écoute son tambour, mais c'est la première fois que je l'entends réellement. Chaque coup résonne dans mes organes, dans mes os. Les battements deviennent si intimes que je ne sais plus si c'est mon cœur que j'entends ou ce cercle de peau qu'elle frappe avec la régularité d'un métronome. Je suis envahi d'une vague d'émotion. En même temps, je suis serein et tellement heureux d'être là. Si je trouve parfois difficile d'être vrai, je trouve plus difficile encore de vivre en étant hors de soi, c'est pourquoi je choisis la voie de l'alignement. Je prononce ce mot qui me fait me sentir tellement vivant. Je regarde Carmen et je ressens la gratitude que j'ai à la connaître. J'ai décidé de m'épouser. Je suis prêt à me choisir enfin. En ressentant la vie dans mes poumons, je prononce, comme pour m'autoriser à vivre enfin, à vivre pleinement, à vivre simplement, les trois lettres du mot qui semble ouvrir la porte de mon cœur. Ce matin, moi, Thomas Morel, j'ai dit « oui » pour répondre inconditionnellement à l'appel de la vie.

15

L'art de naître du feu

Il s'appelait Alsoha. Je crois qu'en arabe ce mot signifie « santé ». Je ne sais pas qui avait choisi son nom. Mes parents me l'avaient offert lorsque j'avais cinq ans. Il me tenait compagnie alors que je me plaignais de n'avoir personne avec qui jouer. Alsoha était toujours prêt à faire des câlins et à m'accompagner dans mes promenades. Ce petit cocker noir à poil long semblait vraiment prendre plaisir à m'apaiser, à se montrer tendre, joyeux, compréhensif. Certains animaux ont un rôle clé dans l'apprentissage émotionnel des enfants. Ils peuvent pallier l'absence d'un frère ou d'une sœur. Pour les chamans, les animaux domestiques sont parfois des maîtres réincarnés qui viennent enseigner aux enfants. Si je pense à lui, c'est peut-être parce que, ce matin, Carmen nous parle des animaux totem et nous a annoncé que nous allions découvrir le nôtre.

Nous sommes allongés sur la moquette de la salle de méditation. Je me calfeutre sous ma couverture pour entamer ce voyage intérieur. Je commence à m'habituer à ce processus chamanique, qui m'ouvre à d'autres plans de conscience. J'en ai moins d'appréhension. Un voyage est comme un rêve. Carmen nous accompagne en parlant lentement à la manière d'un hypnotiseur. Au fur et à mesure du récit, les images deviennent plus concrètes, presque palpables, à tel point que je ne sais plus ce qui est réel et ce qui ne l'est pas. Ces voyages chamaniques sont pour moi comme un rêve lucide que je pourrais faire évoluer.

Mon inconscient me conduit parfois dans le monde des anges et des guides, parfois dans celui des animaux totem, des souvenirs prénataux, des vies passées. Le monde organique, archaïque, mystérieux de nos pulsions et de nos terreurs. C'est dans ce monde que je m'apprête à descendre ce matin. J'aime l'espace des profondeurs. Alors que ça en effraie beaucoup, plonger dans les ténèbres pour les explorer m'apaise. Les tréfonds m'attirent, les marais me rassurent plus que le ciel bleu. Dès que bat le tambour, une vision s'impose. Je me vois quitter le prieuré. Je défonce la porte à coups d'épaule, puis je marche jusqu'à un petit chemin. L'air est doux, et le vent léger. Je marche longtemps au lever du soleil. En quête de ma vision, je pars à la rencontre du peuple animal pour y découvrir mon totem. Dans mon rêve éveillé, un lièvre s'arrête et me regarde, un écureuil me mange dans la main, un cerf garde l'entrée d'une clairière et quelques oiseaux volent au-dessus de moi. Je sens pourtant que mon animal totem n'est pas là… Il est plus mystérieux, je le sais, et il m'appelle d'un endroit bien plus profond… Je marche d'un pas assuré dans une forêt luxuriante. Un grand chêne est percé d'une ouverture. Ce chêne porte un secret. L'écorce ridée est semblable à la peau d'un vieillard. Je caresse son périderme sensuel. Je toque sur son écorce. L'arbre est creux. Une entrée y est percée en forme de sexe féminin. Il me faut, pour y pénétrer, passer une jambe, puis le bassin, le buste tout entier et la seconde jambe. À l'intérieur du chêne, je découvre une cathédrale naturelle. L'intérieur du tronc est percé d'ouvertures qui permettent au soleil de l'éclairer comme à travers des vitraux. Je suis chanceux d'avoir découvert ce lieu sacré ! Une fois dans l'arbre, je gratte fiévreusement la terre de mes ongles et découvre au sol une porte en bois semblable au couvercle d'un tonneau. Je nettoie cette porte, la soulève délicatement et mets au jour une sorte de puits creusé sur plusieurs dizaines de mètres. Je me sens appelé par les profondeurs. Une échelle de corde va me permettre de descendre dans les entrailles de la terre. Je l'emprunte et m'y cramponne pour ne pas tomber. Que se passerait-il si je tombais dans ma vision, me ferais-je mal ?

L'échelle menace de céder sous mon poids. Les odeurs de terre deviennent enivrantes. L'échelle tourbillonne. Descendre exige toute ma concentration. Je finis par atteindre le sol, et foule du pied une terre riche et meuble. Je découvre une sorte de cave naturelle dans laquelle sont exposés des os, des fémurs, des crânes humains. J'ai plus de dégoût que de peur. Je vis cette expérience dans un état modifié de conscience. Je crée ce voyage à partir de mon imagination. Dans le même temps, les odeurs, les sons, les images me semblent bien réels. Je sais qu'il ne peut rien m'arriver, car je garde à l'esprit qu'il s'agit d'un voyage chamanique. L'échelle de corde tombe de plusieurs mètres et s'écrase au sol. Ça y est ! Je suis coincé dans le fond de ce puits comme dans les entrailles de la terre !

Je regarde les crânes et les prends dans ma main. Je reconnais intuitivement le crâne de ma mère, celui de mon père, celui de ma sœur morte à la naissance et un autre crâne qui semble être le mien. Il y a d'autres ossements qui, dans ma vision, cherchent à me parler. Un vieux squelette un peu éloigné se met à claquer des mâchoires pour entrer en contact avec moi ; probablement un ancêtre. Je me concentre pour recevoir son message, mais ne parviens pas à le décrypter.

Le son du tambour devient plus enivrant. C'est vrai, sur un autre plan, Carmen accompagne ce voyage. Je n'ai plus aucun repère spatial ou temporel. Je sens que je marche sur des serpents. Ils se défilent. Le sol se dérobe sous mes pas, et voilà que je reconnais la carapace de tortues et le cuir de crocodiles. J'évite des crocodiles et d'autres animaux aussi répugnants que dangereux, qui pourtant ne m'attaquent pas.

Carmen nous a prévenus. Lorsque le tambour s'arrêtera, un animal se présentera à nous, un seul. Il saura se distinguer. « Prenez le temps de le découvrir avant de lui demander s'il est votre totem, nous avait-elle recommandé. S'il se reconnaît comme tel, il s'approchera ; sinon, il fuira. S'il reste, interrogez-le sur la façon dont il peut vous aider. Écoutez son message. Ne laissez pas le mental vous dominer. Même si vous avez l'impression que c'est votre imagination qui crée la rencontre, laissez-vous toucher par l'inconnu et laissez l'animal vous contacter. Soyez spontanés. »

Le tambour s'arrête brusquement. Alors que je m'attendais à rencontrer un ours ou un lion dans la noirceur de ma grotte, ce sont à présent des insectes qui viennent à moi, toutes sortes d'insectes : des fourmis, des araignées, mais aussi des vers de terre, des scorpions, des scolopendres, des cloportes, des animaux pour lesquels je ne nourris aucune sympathie. Tous ces insectes s'agglutinent jusqu'à ne former qu'un seul animal. Probablement mon totem. J'en suis ébloui. Ça y est, le voilà, formé par ces milliers d'insectes réunis. Je n'en reviens pas ! L'oiseau a le bec d'un aigle. Il est tout de feu et se campe face à moi, majestueux, impérial. Il mesure plus de deux mètres et bat des ailes comme si celles-ci sortaient d'une chrysalide. Leur mouvement brasse l'air de ce souterrain. L'oiseau brille d'un feu ardent et coloré. C'est un hybride entre le paon et l'aigle. Ses ailes sont larges et puissantes, et son crâne très délicat est orné d'une houppette. Je demande à l'oiseau s'il est mon totem… sans trop y croire. La chaleur de l'oiseau devient plus vive encore. Il se prosterne devant moi. Je ressens une immense gratitude dans cette rencontre. C'est une sensation que je n'avais jamais connue. Comme je lui demande qui il est, l'aigle-paon me confie qu'il est le phénix. Je ne sais rien de l'histoire de cet oiseau. Il s'approche de moi, aspire dans mon aura des milliers de petits insectes noirs, puis recrache des flammes. J'ai envie de monter sur son dos. Il me semble assez puissant pour cela. Il s'approche et s'abaisse pour me permettre de le chevaucher. Il s'envole si brutalement que j'en perds l'équilibre. L'oiseau géant remonte en tourbillonnant le long du puits par lequel je suis descendu. Dans un autre espace, j'entends les battements d'un tambour, celui de Carmen, qui agit comme un phare au milieu de la nuit pour permettre à chacun de retrouver son port d'attache. Le phénix m'accompagne jusqu'au matelas sur lequel mon corps est couché. Il se love sur ma poitrine. Il rétrécit jusqu'à disparaître totalement dans la lumière de mon cœur. J'ai les larmes aux yeux tant j'ai la sensation que l'oiseau est réel. C'est ainsi que je rencontre pour la première fois cet étonnant guide.

– Oui, tel que tu le décris, il pourrait s'agir de ton totem, me confirme Carmen. Le phénix est l'animal unique. Il n'en existe qu'un dans le monde. Il n'a ni congénères ni descendants. C'est l'oiseau de la guérison, de la transmutation. Lorsqu'il apparaît, c'est pour nous aider à une résurrection. C'est un animal de feu qui revient sur terre tous les cinq cents ans. Rien ne le brûle, rien ne le détruit, puisque cette créature renaît de ses cendres.

Bienvenue au phénix !

16

Je suis lumière

Allongé dans l'herbe, je redécouvre les miracles de la nature comme si c'était la première fois. J'observe la lente progression d'un escargot de Bourgogne, attendri par la délicatesse de ses cornes. Je suis des yeux la progression d'un scarabée bleuté qui escalade une pierre, retombe dix fois et dix fois recommence son ascension sans se décourager. Dans l'initiation chamanique qu'elle nous distille, Carmen nous incite à ralentir, à nous émouvoir de ce que nous ne savons plus voir. Je me laisse toucher par les gouttes de rosée qui perlent sur l'herbe tendre. Moi qui suis toujours en quête de sensations fortes, je ne croyais plus possible de m'émerveiller de ces petits miracles de la nature. J'aimais tant, enfant, regarder les insectes…

– J'appréhende de rentrer, Carmen. Ici, c'est joli, nous avons des rapports très tendres les uns avec les autres. Tout est beau et protégé. Nous sommes dans un cocon. Mais dans la vraie vie, ce n'est pas le monde des Bisounours… Il faut gagner sa vie, qu'on en ait envie ou pas. Il faut remplir ses obligations. Il y a les corvées et toutes ces choses dont je ne sais pas comment m'affranchir.

C'est la première fois que je prends la parole dans ce cercle. Malgré mon habitude de la scène, je suis intimidé : il est plus difficile de parler vrai sans le masque du personnage.

– Tu as peur de retourner dans la vraie vie, dis-tu ?

En prononçant ces mots, Carmen souffle sur les ailes d'un moucheron qui grimpe sur son poignet. Puis elle saisit une boîte d'allumettes, en craque une et allume une bougie posée devant elle. Actrice dans l'âme, elle sait illustrer ses propos par des images comme par des paroles. Elle met en scène ses enseignements. Elle a le sens du rythme.

– La flamme de la bougie est-elle réelle ? Ce que tu appelles la vraie vie, Thomas, c'est ce que tu vas retrouver ce soir ou c'est ce que tu vis ici ? Qu'est-ce qui est vrai dans ta vie ? Tu es dans la vraie vie quand tu respires profondément, quand tu sais t'émouvoir de la beauté d'un lever du soleil. Tu es dans la vraie vie quand tu écoutes les personnes qui t'entourent, quand tu rends hommage à ta propre humanité. Tu es vivant quand tu prends conscience que tu fais partie d'un tout et que tu es ce tout. C'est ce qu'on appelle la responsabilité. Tu quittes *la* vie pour vivre *ta* vie quand tu te coupes de l'essentiel, quand tu ne reconnais plus Dieu dans ton environnement, quand tu es esclave d'actes dont tu as perdu l'origine, le sens et même l'élan, quand tu agis machinalement sans rendre hommage à la beauté de ton pouvoir créateur. La vie a le prix que tu lui accordes.

Carmen passe sa main au-dessus de la flamme de la bougie jusqu'à en ressentir la chaleur.

– Cette bougie n'a d'autre réalité que celle qu'on lui donne. Pour certains, une bougie est un pont vers l'esprit. L'allumer, c'est accomplir un rituel. Pour d'autres, c'est juste une façon de s'éclairer. La bougie est le gagne-pain de ceux qui l'ont fabriquée. Elle est le calvaire des enfants chinois qui font fondre des tonnes de paraffine dans les usines du Sichuan pour un salaire de misère. Cette même bougie émerveille l'enfant qui s'apprête à la souffler le soir de son anniversaire. Quant au papillon de nuit qui vole trop près d'elle, attiré par sa lumière, il s'y brûle les ailes en une seconde. Le papillon craint-il cette flamme qui l'attire, flamme que je pourrai éteindre d'un souffle ? La bougie est-elle plus réelle pour le papillon que pour toi ? « Tu es coupé de la réalité », pourrait dire le papillon à l'homme qui allume la flamme. Qui est dans la réalité ? Chacun vit sa réalité à partir du regard qu'il pose sur les phénomènes qu'il rencontre. Certains sages en Inde transcendent leur peur et traversent des lits de braises de quinze mètres sans se brûler pour réaffirmer la force de leur foi. Des yogis au Tibet méditent à moins quarante degrés dans des chemises en coton pendant vingt-quatre heures sans ressentir le froid. Nous créons notre propre réalité à partir de nos croyances et à partir du filtre déformant de nos cinq sens. Nos sens sont trompeurs. En fonction de nos perceptions, nous qualifions ceci ou cela de dangereux, de réussi, de raté, de bon ou de mauvais, de sacré ou de sacrilège. Souviens-toi de ça quand tu quitteras le prieuré, Thomas. Le monde extérieur est le reflet de ton monde intérieur. Si tu considères que le monde est injuste, que dans la vie on ne fait pas ce qu'on veut, tu attireras à toi les scénarios et les protagonistes qui le confirmeront. Tu as peur de rentrer chez toi, Thomas, parce que même dans ton salon tu n'es pas chez toi et tu n'as aucune idée de l'endroit où se trouve ton temple. Tu appréhendes de revenir dans un espace que tu n'habites pas de ton cœur ni de ton âme. Tu me comprends ? Si tu rentres en conscience, dans ton corps et dans ton humanité, tu seras partout chez toi. Aussi bien dans ce prieuré que sur tes plateaux de tournage. Même si, j'en conviens, les repas sont meilleurs ici. Le monde trouve son origine dans le cœur de chacun car nous sommes nés de l'amour. En ouvrant notre cœur, nous prenons soin de la matrice, mais osons-nous incarner la matrice ? Osons-nous incarner l'amour inconditionnel ? Nous en sentons-nous capables ? Dignes ? Tout ce que je vous apprends, vous le savez déjà, car vous êtes la vérité.

Carmen prend une grande respiration.

– Ne laissez pas filer vos rêves. N'ayez de cesse de vous répéter que vous êtes capables, que vous méritez, que vous êtes dignes. Éclairez la plus belle partie de vous-mêmes. Réveillez le chaman qui est en vous ! Nous ne sommes pas sur terre pour vivre comme des enfants blessés, nous sommes sur terre pour révéler notre lumière. Tous les enseignants spirituels nous l'ont appris. Le Christ nous rappelle que Dieu nous a faits à son image, le Bouddha nous invite à révéler notre nature ultime. Tous les maîtres, les saints, les lamas sont venus sur terre pour incarner une image meilleure de l'homme. Saint François d'Assise, Amma, sainte Thérèse d'Avila, Sri Aurobindo, tous ont marché vers la même lumière. Révélez au monde le meilleur de vous. Apaisez votre enfant blessé. Ne laissez sur terre aucune trace de votre souffrance. Prenez soin de la part d'humanité qui vous est confiée. C'est la meilleure façon de soigner ce monde qui en a tant besoin.

Il y a dans l'assistance un profond silence. Chacun de nous connecte sa puissance. Elle est palpable dans l'atmosphère. Carmen saisit son tambour en peau de cerf et entonne une mélodie d'un autre temps.

Dans mon cœur, je me répète que je me sens capable de regarder la réalité en face. Je me persuade que je suis capable de prendre les bonnes décisions qui concernent ma place d'homme et de père sur la terre. Moi qui aie longtemps exigé des femmes qui ont croisé ma route qu'elles me laissent libre, je me rends compte que la liberté est un état d'être. Il m'appartient de briser mes propres chaînes pour m'affranchir de la souffrance, car la part la plus inflexible de notre enfermement est de ne pas voir sa propre lumière, d'être enfermé à l'extérieur de son temple. Aujourd'hui, je me sens libre parce que je me sens lumineux, prêt à aimer la vie. Je peux rentrer chez moi parce que je viens d'en trouver la clé.

17

Le papillon bleu

Mon séjour au prieuré de Monteau m'a transformé en bien des points. J'ai découvert un autre rapport à la nature. J'ai pris plaisir à vivre l'aube, le crépuscule, le vent et la nuit. J'ai aimé danser sous la pluie, méditer seul au milieu du parc, respirer la terre et embrasser les arbres. Un peu moins de trois semaines ont suffi pour adoucir mon regard sur le silence et la solitude. En arrivant à Paris, je me sens oppressé par les embouteillages. Je rejoins le flot des automobilistes de retour du week-end. Malgré tout, les derniers mots de Carmen résonnent. Si je suis établi dans mon cœur, je me sentirai chez moi partout.

Je souhaite à présent conserver le cœur ouvert et l'esprit clair pour prendre position dans une situation aussi délicate que concrète : ma relation avec Céline. Je ne sais plus si je l'aime encore, si elle envisage d'avorter, si notre couple va durer, mais j'ai besoin de clarté. J'ai besoin de voir Céline pour sentir ce que mon corps et mon cœur me disent.

Au moment de prendre la route, je lui ai envoyé un message « Bonjour Céline, pardon pour ce silence prolongé, c'était nécessaire pour moi. Ça serait bien qu'on discute, j'ai besoin de t'entendre. Je t'invite à dîner ce soir au Papillon bleu. »

Le voyage m'offre un sas nécessaire. Je m'arrête à une station-service. Je fais le plein d'essence. Il me tient à cœur de rendre à Léonie sa voiture propre. Je nettoie l'intérieur de fond en comble. Je passe l'aspirateur. Cela me fait du bien, comme si nettoyer cet habitacle m'aidait à clarifier mon esprit. Léonie est touchée de mon attention. J'ai laissé sur le tableau de bord un petit mandala forestier fait de quelques châtaignes, de glands et de feuilles de chêne. Ça l'amuse beaucoup. C'est elle qui m'a prêté sa voiture, et elle n'a de cesse de me remercier ! C'est peut-être ça, avoir le cœur sur la main.

Offrir et recevoir, et si c'était le même élan ? Je passe l'après-midi à redécouvrir ce Paris que j'aime. Redevenu piéton, je marche jusqu'à la place de la Bastille, je remonte la rue de la Roquette. Je pousse la porte du restaurant. Je laisse ma valise au vestiaire. Une serveuse dans un costume traditionnel de soie jaune m'accompagne à la table. J'aime l'élégance de ce grand restaurant thaïlandais. Au milieu des lumières tamisées, des bouddhas en stuc et des somptueux bouquets d'orchidées, les clients – beaucoup de couples – forment ici et là des petites bulles d'intimité éclairées aux chandelles. Un bassin dans lequel nagent des poissons rouges et des tortues d'eau traverse le restaurant. Je commande un apéritif et sors mon portable. Céline n'a pas répondu à mon texto. Je renvoie un message simple. « Céline, as-tu bien reçu mon message ? Tu es OK pour me retrouver ? Je t'attends au Papillon bleu. Tout y est beau. Je suis à l'étage. » De façon générale, j'ai la mauvaise habitude d'arriver en retard à mes rendez-vous, préférant faire attendre qu'attendre. J'ai décidément souvent manqué d'élégance. Ce soir, j'ai changé ce comportement. Je suis en avance. Le serveur m'apporte le verre de crozes-hermitage que j'ai commandé. En voyant le verre au centre du plateau, j'ai le pressentiment que je ne trinquerai pas avec Céline ce soir.

Je prends le temps de goûter le vin qui respire les côtes du Rhône, d'apprécier sa saveur de figue et sa robe violine qui me rappelle la teinte des cerises burlat quand elles sont bien mûres. J'aime le bon vin rouge. Je compose le numéro de téléphone de Céline. Sa photo apparaît sur l'écran de mon portable, une photo prise il y a quelques années, sur laquelle elle est rayonnante dans une robe légère. Le téléphone sonne à trois reprises. J'ai envie de la voir.

C'est à ce moment que Céline entre dans le restaurant. Elle a les traits tirés. Elle s'est beaucoup maquillée. Je ressens de la joie en la voyant. Nous nous sommes rencontrés il y a trois ans environ.

J'animais alors un atelier théâtre pour des amateurs dans le cadre d'un projet pédagogique qui débouchait sur trois représentations au théâtre de Mâcon. Je jouais avec mes élèves sur scène. Céline avait travaillé le rôle de Margaret Pollitt dans la pièce de Tennessee Williams, *la Chatte sur un toit brûlant.* Je jouais celui de Brick, son époux ivrogne et lâche. Dans l'œuvre américaine, Brick et Maggie forment un couple déchiré. Brick a sombré dans l'alcool à la suite de la mort de son meilleur ami. Il demande le divorce, mais Maggie le lui refuse. Elle cherche par tous les moyens à le reconquérir. Elle est détestée par sa belle-famille, car elle ne lui a pas donné d'enfant. Brick et Maggie passent leur temps à se déchirer et à se retrouver pour mieux se quitter. C'est une relation fusionnelle familière au théâtre de Tennessee Williams, et assez proche de mes histoires amoureuses.

Brick embrassait Maggie dans la scène. Un soir, après une répétition, Céline m'avait confié aimer mes baisers, ce que j'avais interprété comme une invitation à l'embrasser de nouveau dans les coulisses. Nous avions passé la nuit ensemble. Où commence la réalité et où se termine la fiction ? Jusqu'où l'acteur est concerné lorsque c'est le personnage qui embrasse, qui aime, qui a peur ? La frontière entre l'acteur et son rôle est poreuse. Le jour de la première, le baiser sur scène avait été plus long que prévu. Amour, désir ou peur de la solitude, nous nous étions rapprochés. Arrivés à l'hôtel, lorsque l'employée nous avait tendu les deux clés, je lui avais dit avec la voix grave de Brick : « Nous sommes en couple. » L'hôtesse nous avait alors attribué une chambre double. Céline était restée pendue à mon bras pendant ces quelques secondes, tacite autorisation à partager sa nuit. Le lendemain matin, nous nous sommes levés indécis : devions-nous cacher notre relation ou afficher notre élan ? Nous avions préféré l'entre-deux. Ne pas nous afficher officiellement ensemble, mais nous retrouver chez elle ou chez moi, gardant nos aises, notre liberté et notre secret. Notre relation avait commencé comme ça. Pas vraiment ensemble et pas vraiment seuls.

Qu'est devenue la passion de Brick pour Maggie ? Ce soir, j'observe avec curiosité cette femme qui porte mon enfant. Céline a la délicatesse de ne pas m'interroger sur mon absence, et il est de toute façon trop tôt pour lui parler de mon séjour au prieuré. Je prends ses mains douces. Elle me sourit. Je lui propose un verre de vin. Elle pose sa main sur son ventre en déclarant que ça n'est pas raisonnable vu son état. Mes mâchoires se crispent. Je ne sais pas ce qui me contrarie dans cette situation, probablement ma difficulté à prendre position.

Au bout de quelques échanges, Céline me fait part de sa décision : elle souhaite garder l'enfant. Elle s'est posé la question pendant vingt-quatre heures, le temps d'admettre l'évidence : on ne coupe pas le fil de la vie. J'ai beaucoup d'admiration pour elle. Elle choisit facilement. Elle est pleine de bon sens, et s'en sert pour prendre des décisions importantes. Elle m'impressionne. Nous évoquons les différentes démarches qu'elle a entreprises. Elle cherche un appartement plus grand, s'est renseignée sur l'accompagnement à la grossesse, en a parlé à plusieurs de ses amies, l'a annoncé à sa famille. Il est déjà presque trop tard pour obtenir une place en crèche. Elle a entamé les démarches auprès de la Caisse d'allocations familiales, elle cherche une maternité, autant d'anticipations qui me sont étrangères. Sans évoquer nos sentiments l'un pour l'autre, nous nous noyons dans des considérations matérielles, ce qui me met en tension. Je stabilise ma respiration pour m'adoucir, comme Carmen nous l'a appris.

– Et toi, tu comptes faire quoi ?

La question de Céline me déstabilise. Il n'y a pourtant dans sa voix aucun reproche, juste une forme d'urgence légitime.

– Je ne sais pas, Céline. Ces derniers jours m'ont chamboulé. Je vis sans me connaître. Ma vie manque de cohérence. Je commence à peine à sortir de l'ornière. Avant d'accueillir un enfant, j'ai besoin d'apprendre à m'accueillir moi-même.

– Je comprends, bien sûr, Thomas. Ça fait des mois que je te demandais de prendre soin de toi. Mais ce que je veux savoir maintenant, c'est ce que tu comptes faire par rapport à l'enfant. Ma question est claire : comptes-tu le reconnaître ?

La question est brutale. Céline me pousse à décider là où j'ai besoin de ressentir.

– Je n'en sais encore rien. J'arrive à peine à me reconnaître moi-même. Je n'ai pas la réponse. J'aimerais pouvoir te dire que j'assumerai ma paternité, mais je m'en sens incapable. Je reconnaîtrai l'enfant, si c'est là ta question, et je t'aiderai comme je le peux, mais je ne sais pas si je pourrai te donner plus. Je ne sais pas si nous resterons ensemble. J'ai besoin de vivre seul encore. J'aimerais te rassurer, mais j'ai peur, si tu savais. Je ne sais plus quels sont mes sentiments pour toi. Je ne sais pas si je suis capable d'être un bon père. Je suis en chantier. J'entends ta solitude, mais j'apprends à peine à être un compagnon pour moi. Comment puis-je prendre soin de toi dans ces conditions ? Et d'un enfant ? J'espère que, dans quelque temps, j'irai mieux. Alors je pourrai prendre soin de lui. »

Pendant que je parle, je regarde Céline dans les yeux et je rassemble mon peu de courage pour maintenir le contact. Je m'efforce d'être le plus authentique possible, honnête, de rester doux, de ne pas tricher, d'assumer mon indécision, mon ambivalence, et même ma lâcheté. La transition est violente pour moi, je peine à rester dans mon temple, à respirer, à m'ouvrir.

– Tu as rencontré quelqu'un ?

Sa question est celle d'une femme perdue qui cherche un appui.

– J'ai fait de belles rencontres, oui, mais j'ai surtout entrevu que je peux me rencontrer moi-même… Donne-moi du temps Céline.

– Du temps, tu crois que nous en avons ? C'est un peu facile pour toi ! Tu pars trois semaines en claquant la porte. Tu ne me donnes aucune nouvelle, à peine un vague poème dans la boîte aux lettres. Et tu réapparais la bouche en cœur en m'invitant dans un beau restaurant. C'est sympa de jouer au gentleman, mais ça fait deux semaines que je m'interroge, que je fais des cauchemars, que je me familiarise tous les jours avec l'idée étouffante d'élever seule un enfant, que j'entreprends des démarches… Arrête d'être égoïste, Thomas, ouvre les yeux.

Il se passe toujours un moment dans nos échanges où la houle l'emporte, comme la marée dissout les châteaux de sable malgré tous les remparts que les enfants ont pu ériger et les fossés qu'ils ont pu creuser. Un moment où le lien se rompt, où nous sommes l'un et l'autre comme deux gamins blessés s'envoyant des coups, incapables de s'entendre et d'avoir un dialogue constructif. Je fais pourtant mon possible ce soir pour prendre mes responsabilités autant que je le peux.

– Je ne peux pas t'attendre, Thomas. Tu as commencé à vider l'appartement, j'ai continué. Maintenant, j'en cherche un plus grand, même si je ne sais pas comment je vais payer. J'ai cherché un endroit où faire de l'haptonomie. Ça commence dès le troisième mois, tu sais ? Je suis prête à vivre avec toi. J'en ai envie. Je suis prête à être ta femme, la mère de tes enfants, tu n'as qu'un geste à faire et je te suivrai.

Plus Céline me presse, plus j'étouffe. Je fais tous les efforts possibles pour rester calme, pour maintenir le lien. Les enseignements de Carmen et mes belles résolutions fondent comme neige au soleil. Je m'enfonce dans les marécages. Je prie de tout mon cœur pour que se maintienne ce lien que je vois s'effilocher. Je veux avoir le courage de me positionner clairement, mais un tsunami engloutit mon beau discernement. J'aimerais tellement que mon corps me dise ce qui est juste, mais l'émotion est trop forte. Elle m'entraîne vers le cloaque et l'irrationnel. J'entends hurler l'enfant en moi, je revois mon père s'enfuir, j'entends ma mère se plaindre que les hommes ne prennent pas leurs responsabilités, et j'entends Carmen m'inviter à respirer. Toutes ces voix intérieures se confondent dans le marasme schizophrène de ma pensée. Malgré toute ma volonté, je ne peux voir simplement Céline pour ce qu'elle est. Je suis sincère, pourtant. Quelque chose de fort se décide ce soir, et je fais mon possible pour garder les idées claires. Je m'applique à retrouver une respiration abdominale, mais mes yeux s'embrument et je reste en apnée.

– Thomas, je n'ai plus le temps d'attendre. Si tu veux venir, viens, si tu veux partir, pars, mais ne me laisse pas dans le no man's land de tes incertitudes. Quelle qu'elle soit, ta décision sera la bonne. C'est le fait de ne pas te positionner qui te perdra.

En terminant cette phrase, Céline se lève. Elle saisit mon verre de vin et le boit d'un trait.

– Et puis, pour toi non plus, l'alcool n'est pas bon.

Elle attrape son manteau. Aurait-elle fait exprès de ne pas laisser ses affaires à la consigne pour pouvoir partir plus vite ? Son départ était-il prémédité ? Je reste transi. Je suis tellement à fleur de peau que je ne peux plus bouger. J'étouffe. Ces secondes m'ont gelé sur place. Céline est en bas de l'escalier quand je décide de me lever à mon tour. Elle a déjà poussé la porte, refusant sèchement les services du portier, quand j'atteins les marches.

Ce qui suit ne prend que quelques secondes. Les pavés humides, les phares qui se reflètent dans la vitrine, le livreur de pizzas qui ne ralentit pas en tournant, et ce chauffeur de VTC aux vitres teintées qui ne voit rien venir. Un choc brutal… Le scooter qui dérape sur le bitume… Les pizzas fumantes sur les pavés mouillés rendent la scène surréaliste. Le corps de Céline gît quelques mètres plus loin. Elle est allongée sur le ventre, et je ne peux voir son visage. En tentant d'éviter le scooter, le chauffeur de la Mercedes n'a pas vu Céline débouler du trottoir. Il l'a percutée, la projetant à plusieurs mètres. Parfois, il suffit d'un instant, d'un centième de seconde pour qu'une éternité s'effondre et qu'un destin se transforme. Deux hommes sont en train de couvrir d'un manteau de cuir la femme qui était en face de moi il y a quinze secondes pour la réchauffer. Ils lui parlent. Le chauffeur tente de se justifier auprès d'un témoin, et un inconnu appelle les secours.

Je me surprends à être incapable de courir vers elle. Tétanie, peur, lâcheté, fatalisme ? Je reste comme statufié, les yeux embrumés de larmes. J'assiste à cet épisode décisif de ma vie comme un acteur regarde le rideau tomber à la fin de la représentation. Plus vraiment dans mon rôle, mais encore dans mon costume. Totalement présent et totalement ailleurs à la même seconde. Je suis Thomas et son fantôme, dans mon passé et dans mon futur, incapable de la moindre réaction dans ce présent inanimé. Je suis conscient déjà que courir ne changerait rien. Je suis le père manquant et le fils manqué. Je suis le maître et son disciple. Je reste ainsi, paralysé par l'émotion, avant enfin d'aller vers elle. Lorsque les deux hommes cherchent à déplacer son corps, je les arrête. Je sens que c'est la dernière chose à faire. Le choc a été brutal, et Céline est tombée face contre terre. Sa nuque est tordue dans une sale position. J'ai peur qu'en la bougeant nous ne compliquions le travail des sauveteurs. J'ai peur surtout pour sa colonne vertébrale. Je pose une main sur ses reins, une autre sur son cou, et je lui envoie tout mon amour. Je me persuade que mes mains deviennent guérisseuses et que des faisceaux de lumière apaisent sa blessure. Mes paumes chauffent, et une intuition me souffle comment lui transmettre de la lumière. Sans m'en rendre compte, je lui prodigue un soin ; intuitivement, mes mains se déplacent, et son visage se détend.

Dans une scène d'accident, chacun réagit différemment. Certains s'attroupent et, submergés par l'émotion, pleurent et crient. D'autres passent immédiatement à l'action sans réfléchir. D'autres encore analysent les causes et les conséquences de l'accident. En fonction de chacun, c'est la tête, le cœur ou les tripes qui prennent les commandes.

Nous n'avons pas tous le moteur arrimé au même endroit.

Je suis impressionné par la rapidité avec laquelle les pompiers arrivent, et par la vitesse avec laquelle ils donnent les premiers soins. Comment agissent-ils quand ce sont leurs proches qui sont accidentés ? Parviennent-ils à conserver leur sang-froid ? Céline a perdu connaissance, et son hospitalisation s'impose. Je n'étais jamais monté dans un camion de pompiers. J'en rêvais quand j'étais enfant, et ce rêve ressurgit quand j'entends la sirène résonner dans les rues de Paris. Tous nos rêves se réalisent dès lors que nous les poursuivons avec constance. Certains deviennent simplement nos pires cauchemars. Nous arrivons rapidement au service d'urgence de l'hôpital Trousseau, avenue du Docteur-Arnold-Netter. Ensuite, je plonge dans l'anonymat et la froideur du centre hospitalier, où résonnent les peurs des patients qui hantent ses couloirs. Si ce n'est quelques phrases échangées avec une aide-soignante chaleureuse qui m'assure qu'elle veillera à ce que Céline ne manque de rien, mes relations avec le personnel de l'établissement sont assez froides. Lorsque nous sommes fragilisés, nous avons besoin de réconfort, d'écoute, de soutien, et une parole juste, un regard sincère ou un geste fraternel ont une valeur inestimable. Nous ne devrions jamais nous priver d'offrir ces gestes au quotidien, même à des inconnus.

J'attends quelques heures aux urgences de l'hôpital Trousseau. Je sors marcher dans le jardin pour apaiser mes tensions. Dans les tragédies grecques, il n'y a pas de suspense. L'issue est connue dès le départ, et le public est plus attaché à la façon dont les héros vont vivre ce qui est annoncé qu'aux possibles rebondissements. Il n'y a pas de recours possible. Une tragédie n'est pas un thriller. Une scène est tragique, car son destin est inéluctable. Les héros rencontrent leur destin dès le départ. Œdipe ne pourra échapper à la prophétie. Antigone est condamnée à être enterrée vivante. Les dieux conduisent les événements en s'appuyant sur la morale. Le destin est supérieur aux hommes. Peut-être ma vie n'était-elle qu'une grande tragédie.

– Vous êtes Thomas Morel ?

L'homme qui s'adresse à moi a quatre crayons dans la poche de sa blouse blanche, un de chaque couleur, comme à l'école, et une étiquette bleue portant le sigle des hôpitaux de Paris indique son nom et sa fonction. L'étiquette est écrite en tout petits caractères, mais je parviens à lire qu'il se prénomme Jonathan. Au moment où il m'adresse la parole, une femme nous rejoint, comme sortie de nulle part. C'est la deuxième fois que je croise Solange, la mère de Céline. La fois précédente, c'était à la sortie du théâtre. J'avais évité son invitation à dîner en prétextant un engagement antérieur. Je n'avais pas envie de passer la soirée avec cette femme exaspérante, qui parle fort et manque de délicatesse. Les services de l'hôpital l'ont appelée tout de suite après l'accident, son numéro étant enregistré comme celui à appeler en cas d'urgence dans le répertoire de Céline.

– Céline a eu beaucoup de chance. Elle a deux côtes cassées, une fracture au tibia et un traumatisme crânien. La colonne vertébrale a été fragilisée, mais aucune fonction vitale n'est altérée. Ça aurait pu être plus grave. Elle a perdu connaissance, mais n'est pas tombée dans le coma. Elle va reprendre ses esprits petit à petit, n'ayez pas d'inquiétude. Pour le moment, nous avons décidé de la garder en observation quarante-huit heures.

La maman de Céline pose d'autres questions, mais le médecin n'en sait pas plus. Il faut attendre.

– Vous saviez qu'elle était enceinte, j'imagine ?

Solange me jette un regard noir, que je n'ai pas le courage d'affronter.

– Nous avons fait une échographie, bien sûr. Il y a eu une importante perte de sang, mais le fœtus n'est pas touché, il est bien protégé. La grossesse devrait se dérouler normalement.

Alors que Solange cherche mon regard, je cherche celui du médecin, qui plonge alors le nez dans ses fiches. Je suis sous le choc. Des larmes coulent sur mes joues. Je ne sais pas ce qui les provoque ; l'accident, ma lâcheté, le soulagement, ou simplement la difficulté à vivre cette incarnation. Je suis inquiet pour Céline, j'ai eu tellement peur de ne pas la revoir vivante… Je prends de longues respirations pour ne pas m'effondrer. Pour tenir debout. Ne pas sombrer dans ma noirceur. Faire preuve de discernement. « Nous ne sommes pas des humains vivant une expérience spirituelle, nous sommes des êtres spirituels vivant une expérience humaine. »

Dans cette heure critique, je cherche à prendre de la hauteur, à trouver le sens d'un événement qui en a forcément un. Je ne ressens aucune colère contre le conducteur du VTC, la route mouillée, l'accident. Je ne ressens aucun sentiment d'injustice. Je regarde cet accident avec discernement. Dans ce ciel sans lune, le phénix m'apparaît. Il est tout de feu. Comme s'il m'invitait à monter sur son dos, à regarder vers l'avenir. Je me connecte quelques secondes à un sentiment d'immortalité. Si je ne choisis pas, la vie choisira pour moi. Tout est juste. La vie nous offre un enseignement permanent et chaque épreuve, pourvu qu'elle ne nous tue pas, nous rend plus forts.

18

Suraya

Dans les semaines qui suivent, je rends visite à Céline presque tous les jours. Il nous faut du temps pour restaurer le lien. Il a été affecté. Puisque nous ne trouvons pas les mots de notre intimité, nous nous regardons dans les yeux sans rien dire. Après un choc, les victimes, fréquemment, se réconfortent, s'enlacent pour retrouver leur part d'humanité perdue. La blessure nous fragilise. La vulnérabilité est une porte d'accès au cœur. Céline et moi sommes vulnérables ; ébranlés par les derniers mois de notre histoire. Que sont devenus Brick et Maggie, les héros fougueux de Tennessee Williams ? Je dévisage Céline dans son corset thérapeutique qui la maintient droite du coccyx au menton. J'ai eu peur pour elle. Lorsque je lui caresse longuement la main, elle se laisse émouvoir. Elle reçoit ce qu'habituellement elle évite. Pour elle qui a toujours eu à cœur de tout contrôler, le fait d'être dépendante est une épreuve. Elle est nourrie à la cuillère, les infirmières surveillent ses constantes vitales plusieurs fois par jour et elle est accompagnée dans ses soins les plus intimes par du personnel qui change souvent. Les dernières investigations ont écarté toute éventualité de paralysie. Céline pourra marcher, danser et vivre comme avant, ce n'est qu'une question de patience.

Ce matin, je la quitte pour me rendre au tournage de Samuel Delimar. Je n'ai pas vraiment le cœur à jouer la comédie, aussi je me laisse porter par le fil du courant. Je suis plus authentique, j'accompagne la vie qui joue à travers moi. Anita Devray, la directrice de casting aux cheveux couleur d'automne, a montré mes essais à Samuel, qui a apprécié ma spontanéité. Il m'a offert le rôle de Thomas. Ce réalisateur, qui a étudié le cinéma en Italie, ne se prend pas au sérieux et connaît bien son métier. Il est sobre, intelligent, sensible et joueur comme un enfant. Il cache sa timidité derrière une barbe fournie et une épaisse paire de lunettes. *La Fille de la bibliothèque* est son premier long-métrage.

Je ne m'absente de l'hôpital Trousseau que pour rejoindre le tournage, dans les beaux quartiers de Paris. La transition est brutale. « Le monde entier est un théâtre, et les hommes et les femmes ne sont que des acteurs ; ils ont leurs entrées et leurs sorties. Un homme, dans le cours de sa vie, joue différents rôles. » Ces vers de Shakespeare résonnent alors que je passe d'un décor à un autre, d'un style à un autre, d'un personnage à un autre. Je change de peau, mais je conserve le même souffle. Je joue le rôle de ma vie. Je n'ai plus la vanité de me prendre pour qui que ce soit. J'essaie d'incarner en conscience chaque seconde de mon histoire. L'accueil sur le tournage m'inspire confiance. La production met les moyens. J'ai finalement obtenu huit jours de tournage, que j'ai acceptés avec plaisir. Je remercie la vie. Sur tous les plans, ce contrat est une aubaine. Il va rassurer mon banquier et me permettre d'enchaîner sur l'aventure forte dont j'avais besoin après l'expérience de Monteau. « Qui suis-je ? » Lorsque nous cessons de nous identifier à notre personnage, qui devenons-nous ? C'est un véritable sujet de méditation pour tout explorateur de l'âme humaine, c'est une voie chamanique. Oublier ce qu'on croit être, laisser fondre son identité, ses origines sociales et même ses opinions pour devenir qui on est, c'est offrir à l'autre notre plus belle lumière. Je me sens universel, je comprends ce que me confiait Iris. Un cœur qui n'est plus séparé est un cœur qui cesse de souffrir.

En arrivant sur le tournage, alors qu'auparavant j'évitais les gens pour filer dans ma loge, je prends le temps de saluer chaque technicien, chaque assistant, chaque figurant. Je privilégie l'humanité de la relation à la fonction. Je ralentis mon rythme, affûte mon attention. J'établis de véritables connexions, ne serait-ce qu'en regardant chacun dans les yeux et en faisant l'effort de me souvenir de chaque prénom. La vie retrouve sa saveur.

Je rencontre la délicieuse et si sensible Suraya, qui joue le rôle de Nidra, la jeune fille de la bibliothèque. Je l'approche délicatement pour ne pas l'effaroucher. Elle me parle de ses origines. Je l'interroge sur son enfance à Bangalore, dans le sud de l'Inde, sur son arrivée en France. Nous nous découvrons et tissons un joli lien. Cette après-midi, nous reprenons quatre fois une scène dans laquelle je dois lui dire que je suis touché par sa douceur. Samuel insiste.

– Ne joue pas à être amoureux, Thomas. Sois-le.

Pour détendre l'atmosphère, il interpelle la jeune actrice :

– Tu lui permets de tomber amoureux de toi, Suraya ? Je parle de Thomas, le personnage.

– Oui, bien sûr, répond la jeune Indienne.

Puis, comme pour se justifier – mais peut-être n'a-t-elle pas saisi l'humour de la question –, elle précise en dodelinant de la tête :

– Je le permets à Thomas seulement.

La cinquième prise est la bonne. Il suffisait de clarifier mon intention. Je me laisse toucher par cette jeune femme dont j'ignorais l'existence il y a quelques heures à peine. Je la regarde avec des yeux pleins d'amour. Au bout d'une heure, ça y est : je suis amoureux d'elle ! Moteur, action ! Pour un peu, je lui proposerais à elle aussi que l'on se rencontre dans l'intimité. J'ai déjà envie de lui faire l'amour, de caresser sa peau dorée par le soleil. Pour les besoins d'un film, l'acteur tombe amoureux, est en colère, devient dépressif, courageux. En restant très crédible, il change sa posture, sa voix, pour incarner des émotions. Il en va de même dans notre vie. Il nous suffit de modifier un geste pour transformer une destinée. Je fais progressivement le lien entre les enseignements du prieuré et mon quotidien d'acteur.

Je passe voir Céline les jours suivants, puis mes visites s'espacent au fur et à mesure qu'elle recouvre son autonomie. Elle est désormais capable de se lever, de préparer une tisane, de marcher un peu en s'appuyant sur ses béquilles. Par pudeur, nous n'avons pas reparlé de l'accident ni de la conversation qui l'a précédé. Chacun de nous a besoin de se retrouver seul.

Nous sommes à la fin du mois de septembre. Si tout va bien, Céline accouchera au milieu du printemps. Dans les jardins parisiens, les massifs fleuriront. La terre rendra hommage à la vie. Elle a été ensemencée à l'automne et patientera tout l'hiver. Sans effort, la terre accueille et offre les sels minéraux et les nutriments nécessaires à toute semence. En son sein, bulbes, oignons et graines se développeront, pour germer au premier soleil du printemps. Aux beaux jours, les crocus, les tulipes, les jonquilles et les primevères sortiront de terre pour offrir au monde leurs belles couleurs. Pourtant, les fleurs ne décident rien. Réveillés par le soleil, les pommiers, les cerisiers se pareront de leurs fleurs diaphanes. La terre offrira ses légumes et ses fruits. La Pachamama donnera naissance. La vie est à l'œuvre. On ne tire pas sur la tête d'une fleur pour la faire pousser plus vite. Il en est de même pour les humains. Nous ne donnons pas la vie ; celle-ci ne nous appartient pas, elle circule à travers nous. Aujourd'hui, j'ai envie de faire confiance au mouvement naturel de la création. Je veux dire oui à la vie et apprendre d'elle, me laisser toucher par la magie qui la porte, surprendre et déstabiliser par l'inattendu. J'accepte l'imprévisible, j'intègre la magie dans mon quotidien. Je n'ai pas à choisir de donner la vie. Je suis la vie.

Épilogue

Oulan-Bator

Dix octobre au matin. J'ai besoin de me confier à Carmen. Sa voix me manque.

– Pour que tu me téléphones à dix heures dix le dix du dixième mois, c'est qu'il se passe quelque chose d'important.

Habituellement peu attentif à ces coïncidences, je regarde ma montre. Je dois bien admettre que la magie trotte entre les aiguilles. J'échange quelques mots avec Carmen. Elle me devine.

– Tu connais la sagesse de Marc Aurèle ? me demande-t-elle. « Que la force me soit donnée de supporter ce qui ne peut être changé et le courage de changer ce qui peut l'être, mais aussi la sagesse de distinguer l'un de l'autre. » Qu'est-ce que tu peux changer à cette situation, Thomas ? Acceptes-tu pleinement ce qui t'est arrivé ? Épouses-tu ce qui se présente à toi comme une opportunité de grandir ? Ce ne sont pas tant les choix que tu vas faire qui détermineront ton bonheur que la posture que tu adopteras au moment de ces choix. Laisse œuvrer la nature. Même si tu n'as pas ta réponse aujourd'hui, elle s'imposera. Fais-toi confiance. La méditation t'aidera à assumer l'homme que tu es.

Parler avec Carmen me réconforte. Elle est d'humeur égale, et sa sagesse se manifeste tant dans ses paroles que dans le ton de sa voix. En l'écoutant, je me libère de l'enjeu, et mon cœur s'ouvre.

– J'aimerais te revoir, Carmen. Je remercie la vie d'avoir croisé ta route. J'ai tant appris au prieuré. Tu es une magicienne, tu sais !

Carmen éclate de son rire généreux.

– Magicienne ? Tu veux rencontrer de vraies magiciennes ? Tu pourrais être surpris de ce qu'est vraiment la magie ! Je retourne prochainement en Mongolie retrouver mes grands-mères chamanes.

Carmen prend plus de temps pour parler, comme si elle se préparait à me faire une proposition et qu'elle choisissait le moment.

– La Mongolie est le berceau du chamanisme. Je m'y rends régulièrement pour améliorer mes pratiques. C'est un peu tôt pour que tu m'accompagnes, mais, en même temps, tu as besoin d'être bousculé. Chiche ? Tu ferais le grand saut ? Habituellement, je ne propose ce voyage qu'à des personnes qui ont derrière elles plusieurs années de méditation, car ce n'est pas une excursion confortable. Mais toi, c'est différent. Tu vas vite, dans ton changement. Tu m'appelles au moment où je finalise la liste des participants. Dix heures dix, c'est l'heure du renouveau ! Jolie synchronicité, tu es au bon endroit au bon moment.

Carmen pèse le silence. Sa proposition résonne comme un défi.

– Je décolle pour Oulan-Bator dans huit jours. C'est juste le temps qu'il te faut pour obtenir ton visa. Nous serons cinq ou six au départ de Roissy. J'ai l'intuition que tu serais à ta place parmi nous. Tu serais partant ?

Je ne m'attendais pas à ça. Je connais peu la Mongolie. De vagues images des invasions barbares, de Gengis Khan, des familles nomades dans les yourtes et des chamans battant le tambour au milieu de la nuit. J'imagine de grandes steppes, des milliers de chevaux sauvages en liberté, des hordes de loups dans un froid glacial. Ce n'est pas un pays vers lequel je me serais envolé pour faire du tourisme, mais cet appel est d'un autre ordre. La proposition que me fait Carmen vibre fort. Je n'ai pas d'engagements programmés dans les semaines à venir. Avec l'argent du tournage, j'ai de quoi me payer le billet et vivre si nécessaire un mois sur place. Si je dois faire un vrai break dans ma vie, c'est le moment ! J'ai confiance en Carmen, et surtout je ressens un appel. Une invitation au voyage. Ce n'est pas rationnel. Mes résistances lâchent. Je suis vivant lorsque je prends des risques, lorsque j'épouse l'inattendu. Lorsque je dis oui à l'imprévu, j'ai l'impression de dire oui à la vie. Je respire profondément. J'en ai le vertige. Alors que d'habitude j'hésite, je calcule, je pèse le pour et le contre, je sens ici un tel appel de l'âme, une voix intérieure qui m'encourage à accepter. Un appel irrationnel m'invite à prendre un choix irrationnel, et pourtant tellement évident.

Je saisis mon agenda et regarde machinalement la période, que je sais déjà disponible. Alors que j'ai retrouvé Carmen au théâtre de la Renaissance, je découvre avec amusement que le saint célébré le dix-neuf octobre, jour du départ, est René. Il est question de renaissance.

– Merci de ta proposition, Carmen. J'ai envie, bien sûr, ça m'appelle fort. J'ai besoin de laisser reposer. Laisse-moi la journée que je laisse résonner. Je peux te donner une réponse demain avant midi. Ça te va ?

Je vais écouter mon corps, Carmen, je vais regarder le ciel. Je te donnerai la réponse que la lune me donnera. Car, désormais, je sais entendre son message.

Du même auteur

Jouer le rôle de sa vie, éditions de l'Homme
Au nom de l'enfant, éditions de l'Homme
La Méditation au quotidien, coécrit avec Pomme Larmoyer, Hachette
Oser parler et savoir dire, éditions de l'Homme
Réveillez le chaman qui est en vous, Solar
5 étapes et je prends la parole en public, Solar
Calme, mon carnet de méditation, Solar
L'Oracle du peuple animal, Trédaniel
Le Défi des 100 jours, coécrit avec Lilou Macé, Trédaniel
Les Nouveaux Sages, Solar
Pour une parentalité bienveillante, Leduc.s

Contact

Arnaud Riou anime des stages, des conférences, des ateliers et des voyages initiatiques dans différentes régions du monde. Il anime des formations professionnelles et donne des conférences en entreprise. Il accueille des retraites en Bourgogne, sur son propre site : le Moulin de Beaupré. Pour connaître son programme : www.arnaud-riou.com

ISBN : 978-2-263-15482-9
Code éditeur : S15482
Dépôt légal : octobre 2018
Achevé d'imprimer en France par Normandie Roto Impression s.a.s.
N° d'impression : 1801833